El condenado por desconfiado

Letras Hispánicas

Tirso de Molina

El condenado
por desconfiado

Edición de Ciriaco Morón y Rolena Adorno

NOVENA EDICIÓN

CATEDRA

LETRAS HISPANICAS

Ilustración de cubierta: Juana Andueza

© Ediciones Cátedra, S. A., 1989
Josefa Valcárcel, 27. 28027-Madrid
Depósito legal: M. 2.616-1989
ISBN: 84-376-0019-7
Printed in Spain
Impreso en Lavel
Los Llanos, nave 6. Humanes (Madrid)

Índice

Introducción

El autor

Tirso de Molina, declarando en unas informaciones el 25 de enero de 1638, «dijo ser de edad de cinquenta y siete años»; nació, pues, en 1580 o en los primeros días de 1581 [1]. Este testimonio contradice la descripción que de él se hace para extenderle el pasaporte de embarque a Indias en 1616, en que se dice que tiene treinta y tres años [2], dato que situaría su nacimiento en 1583; finalmente, quita valor una vez más a la partida descubierta por doña Blanca de los Ríos en Madrid, según la cual sería bastardo del duque de Osuna y habría nacido en 1584 [3].

[1] G. Guastavino Gallent, «Notas tirsianas, II», *RABM*, 69 (1961), págs. 817-820.

[2] Real cédula de 23 de enero de 1616. El presentado fray Juan Gómez va por vicario general de la Orden de la Merced a la Isla Española acompañado de siete religiosos; el segundo es «fray Gabriel Téllez, predicador y letor, de hedad de treynta y tres años; frente elebada, barbinegro». (Facsímile en Blanca de los Ríos, *Obras*, I, pág. 87.)

[3] En la parroquia de San Ginés de Madrid, libro séptimo de bautismos. Facsímile en Blanca de los Ríos, *ibíd.*, pág. 85. Más conjeturas sobre el valor de la partida en *Obras*, II, pág. 1496. El padre Miguel L. Ríos negó valor a la partida con un argumento canónico. Si *Tirso* fuera bastardo hubiera necesitado dispensa de ilegitimidad para ser admitido al convento, para la profesión, órdenes y cargos oficiales que ocupó. Ahora bien, no se conoce ninguna dispensa. El argumento no tiene valor definitivo, pues se conocen bastardos comprobados que ocuparon cargos, y tampoco hay noticia de las dispensas. Cfr. «*Tirso de Molina* no es bastardo», *Estudios* (1949), págs. 1-13.

Aunque sabemos las inexactitudes que se cometen al declarar la edad en los procesos, metódicamente hay que dar fe a la declaración del propio autor por encima de la carta de embarque cuyos datos no serían proporcionados por el fraile en persona, y, por supuesto, por encima de la problemática partida de San Ginés. Aunque la idea fundamental de doña Blanca de los Ríos: «el enigma biográfico» de *Tirso*, sigue produciendo estupor: un hombre que escribió tantas cosas autobiográficas, es raro que no tenga un recuerdo para sus padres y patria; y si fue de origen plebeyo, es difícil explicar cómo se codeaba con tanta libertad y confianza entre los nobles, incluido el duque de Lerma [4]. Tenga o no tenga valor la partida, siguen teniéndolo las reflexiones de doña Blanca sobre el papel de segundones y bastardos, y la identificación de honra y virtud en las comedias tirsianas. Todo esto adquiría una explicación fácil considerándole hijo vergonzante de un duque.

En cambio, se explicaba mal que a los veintidós años, sin ser todavía sacerdote, hubiera compuesto ya comedias como *El vergonzoso en Palacio* (1606), lo cual supone una experiencia del teatro difícil de explicar en un novicio. Ahora todo se explica con más facilidad; en 1600, es decir, a los veinte años, con cierta experiencia del mundo, aparece como novicio en Guadalajara; y al año siguiente profesa como fraile mercedario en la misma ciudad. Seis años más estudiando artes y teología en Toledo [5], le permitieron ordenarse de sacerdote hacia 1606; entonces, libre de los estudios oficiales y con más libertad frente a los superiores, inicia su actividad como dramaturgo.

---

[4] Cfr. los trabajos de Gerald Wade citados en la bibliografía. El profesor Wade muestra con qué libertad *Tirso* pintaba como gracioso a don Ruy Gómez de Silva, tercer duque de Pastrana, o usaba el nombre del duque de Lerma en *Bellaco sois, Gómez*.

[5] Cfr. Penedo Rey, «*Tirso de Molina:* apuntaciones biográficas», *Estudios* (1949), págs. 22 y ss.

Toledo es su residencia ordinaria entre 1604 y 1616 en que se embarca para la isla de Santo Domingo; allí pasa otro trienio predicando y ayudando en la reforma del convento mercedario. Al volver de la isla parece vuelve de nuevo a Toledo. Allí conocería a Lope de Vega en los primeros años del siglo; quizá cuando el Fénix fue a gestionar su ordenación sacerdotal en 1614. En esta fecha publica Cervantes su *Viaje del Parnaso* y ha extrañado a los eruditos no ver el nombre de *Tirso* mencionado con preferencia a tantas mediocridades desconocidas hoy. *Tirso* tenía entonces todo lo más treinta y cuatro años, ¿tenía notoriedad suficiente como para que se hubiera fijado en él Cervantes, viejo ya de sesenta y siete?

De 1622 a 1625 *Tirso* vive en Madrid. Estos cambios trienales de su vida obedecen sin duda a la costumbre de las órdenes de celebrar capítulo con revisión de cargos y residencias cada tres años. Pero en 1625 nuestro fraile tuvo un traslado forzoso al margen de capítulo. Una «Junta de reformación» constituida en 1624 para corregir vicios y abusos, condenó como inmoral y depravado a Quevedo, y el 6 de marzo de 1625, a *Tirso* por el escándalo que causa «con comedias que hace profanas y de malos incentivos y ejemplos. Y por ser caso notorio se acordó que se consulte a Su Majestad de que el Confesor diga al Nuncio le eche de aquí a uno de los monasterios más remotos de su religión y le imponga excomunión mayor *latae sententiae* para que no haga comedias ni otro ningún género de versos profanos»[6]. En la primavera de 1625 nuestro fraile se traslada a Sevilla; allí escribe probablemente *El condenado* y *El Burlador*, que no son comedias profanas, sino morales, y no entran, por tanto, en la prohibición. Al año siguiente

[6] Cfr. A. González Palencia, «Quevedo, *Tirso* y las comedias ante la Junta de Reformación», *BRAE*, 25 (1946), págs. 43-84; Penedo Rey, art. cit., págs. 30 y ss.

regresó, asistiendo al capítulo de la Orden, en Guadalajara, a fines de mayo. En este capítulo fue nombrado comendador del convento de Trujillo, donde pasó otro trienio. Nueva residencia en Toledo los años 30 a 32. En esta fecha es nombrado cronista oficial de la Orden; de nuevo fija su residencia en Madrid. Durante estos años aparecen las ediciones de sus comedias, editadas por un supuesto sobrino: Francisco Lucas de Ávila, cuya existencia no está probada por ningún otro documento. En todo caso los prólogos atribuidos al sobrino parecen ser del propio *Tirso*. Aunque no abandona por completo el teatro, lo posterga ante la obligación de redactar la historia de la Orden y probablemente reflexiones de madurez sobre el fin mismo de la literatura. En 1635 aparece la colección *Deleytar aprovechando*, en que predomina el tono de ejemplaridad, y en que las antiguas comedias de *Los cigarrales* son sustituidas por autos de carácter religioso.

En 1640, la enemistad personal con fray Marcos Salmerón, compañero suyo en Madrid, motiva un confinamiento de *Tirso* a Cuenca. El General de la Orden era catalán y se encontraba en Cataluña; al no poder ir personalmente a Castilla, por la guerra de secesión catalana, comisionó la visita de los conventos castellanos a Salmerón; y éste desterró a *Tirso* de la Corte; el dramaturgo apeló ante el Nuncio de Su Santidad; pero no sabemos si le hicieron justicia: «en los ocho años escasos que le restaron de vida, apenas vuelve a sonar su nombre» (P. Penedo, artículo citado, págs. 90-91). En 1646 aparece como comendador del convento de Soria en cuatro escrituras; no se conoce la fecha exacta del nombramiento, aunque el P. Penedo presenta la posibilidad de que fuera elegido en el capítulo de Guadalajara (octubre 1645); no completó su trienio; a fines de 1646 o ya en 1647, se traslada al convento de Almazán y allí murió en febrero de 1648. *Tirso* yace bajo las ruinas del convento; por sus cenizas esas ruinas no morirán del todo. La fecha aproximada de su muerte es conocida por el escueto dato de un libro de misas; el fraile encargado de la contabilidad en el convento de Segovia notó: «*Requiescat in pace*. Lunes 24 (de febero) *se hizo el officio por el P. M.º Téllez, que murió en Almazán.*»

La obra. Versificación.

JORNADA I

Versos 1-76 Sextinas quebradas. Alternan versos heptasílabos y endecasílabos: aBaBcC.

77- 136	: Quintillas
137- 200	: Octavas reales
201- 248	: Romance e-o
249- 328	: Redondillas
329- 333	: Quintilla
334- 479	: Romance i-o
480- 623	: Redondillas
624- 723	: Versos sueltos
724-1013	: Romance e-o

JORNADA II

1014-1049	: Sextillas
1050-1330	: Quintillas
1331-1372	: Versos sueltos
1373-1472	: Quintillas
1473-1618	: Romance ó
1619-1648	: Décimas
1649-1703	: Quintillas
1704-1779	: Romance e-o
1780-1908	: Quintillas
1909-2052	: Romance a-a

La obra apareció en la *Segunda parte de las comedias de Tirso de Molina*, Madrid, 1635. El autor declara que sólo cuatro de las doce comedias que incluye el volumen, son suyas; *El condenado por desconfiado* no aparece firmada por él, pero ya una suelta del mismo siglo XVII se la adjudica a *Tirso*. Hoy es unánime la atribución; quienes la cuestionan, no aportan razones de peso. Un documento fehaciente podrá siempre más que las razones internas; pero mientras ese documento no aparece, la autoría de *Tirso* se refuerza con las siguientes reflexiones: el contenido teológico de la obra, semejante a otras comedias del autor; el paralelo con *El burlador*, la presencia de lo sobrenatural, las decisiones tomadas súbitamente y por inspiración divina, como en *La elección por la virtud;* y a pesar de la libertad en el uso de elementos sobrenaturales y maravillosos, conserva una verosimilitud admirable, si se compara *El condenado* con la libertad disparatada que se permite don Cristóbal de Monroy y Silva en *El horror de las montañas y portero de San Pablo*, imitación de *Tirso*. Finalmente, la clara intención ejemplar está en consonancia con la mayor parte del teatro de Téllez.

Desde el punto de vista formal, la falta de fusión de elementos serios y jocosos, el gracioso tosco y la técnica lopesca que luego describiremos, permiten la misma conclusión.

Estructura

La obra tiene la estructura típica del teatro clásico español, que podríamos llamar impresionista. Como en la teoría impresionista de la pintura, los personajes o grupos de personas de la comedia se van presentando sucesivamente aislados, cada uno en una escena que a primera vista no tiene conexión con la obra. En *Tirso* el problema se presenta grave, porque según su doctrina de «deleitar aprovechando» tiene que mezclar con el tema serio y ejemplar que constituye el nervio de la obra, el tema amoroso que pertenece a la estructura de la comedia tal como la ha definido Lope, y el gracioso, que sólo tiene como fin el deleitar al auditorio. En la primera escena aparece Paulo dando gracias a Dios porque le ha separado del mundo y puesto en camino de salvación. En contraste con esa escena, la segunda nos presenta a Pedrisco, especie de donado al servicio del ermitaño, acordándose de sus antiguos manjares.

Cuando el demonio le inspira a Paulo el que vaya a Nápoles para interpretar su destino eterno, el escenario cambia radicalmente, y no sólo se nos va a presentar lo que busca Paulo; se nos presenta antes el ambiente en que se mueve Enrico, la persona buscada por el protagonista; ese ambiente es la escena de pretensión amorosa de Octavio y Lisandro a Celia, la amante de Enrico. La escena no hace sino detener la marcha del argumento principal e introducir una rotura ilógica en el argumento; por eso, cuando Manuel y Antonio Machado arreglaron la obra en 1930, suprimieron todo ese elemento de relleno.

Schiller nos da una distinción muy iluminadora para clasificar las obras teatrales; él habla de un teatro de acción, un teatro de pasión y un teatro de carácter [7]. A esta triple clasificación podríamos añadir el teatro de diálogo que responde a las formas primitivas —Juan del Encina— y a las más avanzadas —Brecht—. Sin entrar aquí en definiciones más precisas, y tomando los términos en su sentido ordinario, *El condenado* es una obra de acción, como todo el teatro clásico español. Basta compararlo con *Hamlet* o con cualquier obra de Corneille. Y es teatro de acción no porque haya mucho movimiento, sino porque el protagonista de la obra no es un individuo concreto que se va definiendo más y más a través de ella; sino que los personajes se van presentando aislados y la comedia va a surgir precisamente de la interacción de ellos: el verdadero protagonista de la comedia clásica española no es nunca un yo, sino lo que surge de la interacción del yo con su circunstancia: la acción. De *Hamlet* se nos olvida antes el drama que el protagonista; le recordaríamos aunque el desenlace de la obra fuera distinto; en cambio, si a una comedia española se le quita su desenlace, la culminación de la acción, se la destruye [8].

No puede objetarse que *Tirso* creó a Don Juan, un carácter también inolvidable. Difícilmente podríamos hablar de Don Juan como carácter, cuando, después

---

[7] «Entweder es sind ausserordentliche *Handlungen* und *Situationen*, oder es sind *Leidenschaften*, oder es sind *Charaktere*, die dem tragischen Dichter zum Stoff dienen; und wenn gleich oft alle diese drei, als Ursach und Wirkung, in einem Stücke sich beisammen finden, so ist doch immer das eine oder das andere vorzugsweise der letzte Zweck der Schilderung gewesen.» («Über Egmont», *Werke*, Ed. Knaur, München, 1954, II, pág. 512.)

[8] «En general la personalidad de hombres y mujeres es borrosa en nuestro teatro. No son sus personas lo más interesante, sino que se les hace rodar por el mundo, correr las cuatro partidas, arrastradas por un torbellino de aventuras.» (J. Ortega y Gasset, *OC*, III, pág. 397; cfr. VI, pág. 511.)

de miles de estudios nadie sabe definirlo. Hamlet y Don Quijote han sido irrepetibles; cualquiera que ha intentado repetirlos no ha hecho más que parodia; Don Juan, en cambio, no vive más que en sus múltiples reencarnaciones; no es, pues, un carácter del mismo tipo que los otros[9].

Los escenarios del drama responden a los estadios del proceso interior de Paulo: el monte es huella de Dios; en él ha sido puesto el elegido para vivir apartado del tráfico mundano y así merecer el cielo; la oposición campo-ciudad es una constante de *Tirso* (*El vergonzoso en Palacio*, *El melancólico*, etc.). Entre otros criterios para no seguir la voz del demonio, Paulo hubiera debido ver que el ir a la ciudad no era sino ponerse en peligro de perder la paz de su alma. Nápoles es la Babilonia del pecado; allí es donde el ermitaño se aparta definitivamente del camino de la virtud; su alma se hace víctima de todos los vicios y cuando sale de la ciudad, ya no será para volver al monte; ahora el monte es *selva;* si al estado de gracia respondía una naturaleza ordenada, ahora es una naturaleza rebelde. En ella muere Paulo, mientras Enrico es ajusticiado en la cárcel. La cárcel, como veremos luego, citando a Belarmino, es un modo de expiar los pecados y, por consiguiente, un camino de redención. Mientras Enrico muere en la cárcel, a Paulo le mata la justicia en la selva.

Pedrisco, el gracioso, no tiene más función que la de hacer reír; mientras los graciosos de Lope y Calderón suelen ser cortesanos y pedigüeños, los de *Tirso* recuerdan el villano inculto del teatro de En-

---

[9] Entre las interpretaciones filosóficas de don Juan, es difícil superar la de Kierkegaard, tan influyente en España a través de Unamuno. Don Juan es la falta de carácter: «Don Juan is an image which constantly appears, but does not gain form and substance, an individual who is constantly being formed, but is never finished» (S. Kierkegaard, *Either/Or*. Trad. al inglés de D. F. Swenson. Garden City, N. Y., 1959, I, pág. 91).

cina; están también peor integrados en el argumento que los de Lope y Calderón. La presencia del gracioso en la comedia española, es un signo de esclavitud a una forma que nadie se atrevió a modificar; por otra parte estaba en consonancia con la doctrina del deleitar aprovechando; así se creó un dualismo que no supo integrar y fundir lo humorístico y lo sublime —la sátira y la ejemplaridad como dice Cervantes— creando una estructura teatral, cuyo paralelo en la novela sería el *Guzmán de Alfarache*[10]. En la mayor parte de comedias, cuyo tema es de por sí humorístico, la dualidad molesta menos que en *El condenado*, cuyo tema, bien desarrollado, hubiera dado origen a un drama moderno de sentimiento trágico.

Sobre la verosimilitud psicológica de los caracteres de *Tirso* se ha exagerado mucho. Vossler ya exagera: «*Tirso* es según mi convicción el más profundo psicólogo del drama español, el más genial»[11]; doña Blanca de los Ríos se desborda; y algún mal aconsejado ha cometido la ocurrencia de aplicar párrafos de Freud para interpretar las acciones de Paulo y En-

---

[10] Cfr. Prólogo al *Quijote*, 2.ª parte. La falta de fusión entre lo satírico y lo ejemplar forma parte del ideal artístico de *Tirso*. Alabando sus comedias dice Montalván: «No tienen cosa que disuene de la verdad católica, ni palabra que ofenda las orejas del más escrupuloso cortesano, antes bien, lo sentencioso de los conceptos admira, lo satírico de las faltas corrige, lo chistoso de los donaires entretiene, lo enmarañado de la disposición deleita, lo gustoso de las cadencias enamora, y lo político de los consejos persuade y avisa, siendo su variedad discreta como un ramillete de flores diferentes que además de la belleza y la fragancia aficiona con la diversidad y la compostura». (J. Pérez de Montalbán, Aprobación de la *Cuarta parte de las comedias de Tirso*. Madrid, María de Quiñones, 1635.)

[11] *Lecciones sobre Tirso de Molina*, pág. 40. Doña Blanca de los Ríos le llama constantemente el «fraile psicólogo» y llega a decir: «Por el don supremo de trasfundir su drama personal en sus criaturas inventadas, llevó *Tirso* a su obra mayor suma de humanidad y de espiritualidad que Shakespeare». (En *ODC*, II, pág. 1498.)

rico, hablando del «id», el «superego», y otras palabras igualmente abstrusas en este caso y contexto.

Para poder hablar de una verosimilitud psicológica, tendríamos que asistir al conflicto interno de los agonistas; verles en sus luchas e indecisiones y poder identificarnos con ellos. Ver cómo la acción se va desarrollando por una evolución lógica de las premisas sentadas al principio; pero nada de esto se da en nuestro drama. Las decisiones más importantes se dan súbitamente; y la acción se corta y cambia no por una lógica interna, sino por voluntad del autor. Por ejemplo, en el acto tercero, cuando Paulo quiere que Enrico confiese sus pecados para ver si él mismo puede tener alguna esperanza de salvación, hubiera podido darnos un monólogo igual a los famosos de Hamlet, del Cid en Corneille, o de Segismundo en Calderón; pues bien, Paulo se resuelve de manera instantánea y simplista, es decir, sin ninguna verosimilitud psicológica. La lucha planteada entre la fe general de la Iglesia y la creencia en la revelación personal del ángel, se hubiera prestado a la expresión del sentimiento trágico. No se diga que es anacrónico pedir eso en la España de 1625; luego veremos explícitamente cómo *Tirso* basa sus tesis en Santa Teresa y San Juan de la Cruz, grandes exploradores del alma. En 1623 nace Pascal, cuya descripción del sentimiento trágico es tan madura como la de Unamuno; y sin pasar las fronteras, ya vivía en España entonces un Baltasar Gracián, religioso como *Tirso*, pero con un pensamiento personal que sabe rebelarse contra todos los formalismos.

Una prueba más de la ausencia de psicología y del carácter abstracto de la obra, es la ausencia de Jesucristo. Según la doctrina católica, Nuestro Señor Jesucristo es el primogénito de todas las criaturas; por Él mira Dios al mundo con amor de padre, y la prenda de nuestra salvación es su presencia en la Eucaristía. La presencia de Jesucristo hubiera dado a la obra más sentido y calor humano; precisamente el momento más sublime de la obra es la llamada del ángel de la guarda al alma, y luego la despedida cuando el ángel desteje la corona que le estaba preparada. Quitando esos dos momentos, el problema de la salvación se plantea desde una teología de páramo, formalista y conceptuosa. Como Santa Teresa y como el cardenal De Bérulle, hubiera podido presentarnos el mensaje de la confianza, de forma que nosotros hoy, cuando asentimos a la idea de Balzac: «*Ici-bas rien n'est complet que le malheur*», acudiríamos a consolarnos en el mensaje de aquel piadoso fraile español.

Otro tópico en las exposiciones de *Tirso* es la supuesta maestría en la pintura de caracteres femeninos. En nuestra obra aparece Celia, la amante de Enrico; cuando éste es libre, Celia le teme, le quiere, le está sumisa; cuando Enrico ya no es libre, pasa Celia por debajo de las rejas de la cárcel y le hace saber que se ha casado. Celia es, como toda mujer: mulier, molicie, liviandad. Y no sólo Celia en esta obra; los siguientes textos pueden ayudarnos a definir la actitud tirsiana frente a la mujer:

> Acometió a la mujer
> como el más flaco portillo
> sin atreverse cobarde
> al consorte discursivo.

> Que si por ser mujer yo
> temes de mi sexo frágil
> banderizados empleos [12].

Tirso está siguiendo la doctrina escolástica, según la cual, en ella predominan las potencias más dependientes del cuerpo sobre las espirituales: la intuición,

---

[12] Primer texto de *Los lagos de San Vicente*, jornada 2.ª, escena VI, *(ODC*, II, pág. 32b); segundo, de *Mari Hernández la gallega*, jornada 1, escena I *(ibíd*, pág. 67a).

la cogitativa, la estimativa; el varón, en cambio, es el «consorte discursivo». Por eso, las decisiones de la mujer no son tampoco decisiones de fuertes caracteres; son decisiones bruscas e inverosímiles.

Probablemente se objetará con el carácter de doña María de Molina en *La prudencia en la mujer*. Alborg la llama «el más vigoroso carácter femenino de todo nuestro teatro clásico»[13]. Efectivamente lo es; tiene entereza y sabiduría para vencer, listeza para atraerse a los enemigos y clemencia frente a los vencidos. Estas virtudes, conociendo la bajeza de sus adversarios a través de las crónicas del siglo XIV, nos la hacen simpática y admirable. Pero todo eso está muy lejos de un carácter delineado conforme a un patrón de verosimilitud psicológica. Los monólogos de doña María de Molina tienen grandeza épica, nos presentan ya hechas las grandes decisiones; ahora bien, la psicología se hubiera mostrado precisamente en la lucha íntima antes de decidir; todo eso si ocurrió, se da entre bastidores. Doña María es prudente y arrojada; ahora bien, la prudencia es entendimiento práctico, algo propio del «consorte discursivo»; y la valentía es también propia del varón; por eso en la escena XII del primer acto dice don Enrique:

> La reina doña María
> no es mujer, pues vencer sabe
> los rebeldes de su reino.
>
> *(ODC*, III, 916 b)

En la escena siguiente, cuando parece por un momento que ella ha cambiado de ideas y muestra su carácter voluble, el mismo don Enrique exclama:

> ¡Oh mujeres! ¡Qué bien hizo
> Naturaleza admirable
> en no entregaros las armas!
>
> *(Ibíd.*, 917 a)

---

[13] *Historia de la literatura española*, vol. 2, Madrid, Gredos, 1970, pág. 412.

En cuanto sigue después no vemos más que la tradición española sobre la mujer, tradición formada desde los principios escolásticos, y que ahoga todo pensamiento en la fórmula hecha y recibida.

Ya comparando el libro de don Álvaro de Luna sobre *Las claras y virtuosas mujeres* con *De mulieribus claris*, de Boccaccio, se percibe el sentido estético personal del italiano, frente al formalismo del español. Boccaccio pinta a las mujeres famosas, hayan sido virtuosas o no; don Álvaro de Luna pinta a las claras y virtuosas; pero tiene un concepto tan deleznable de la mujer, que precisamente escribe su libro para demostrar cómo ha habido algunas excepciones en naturaleza tan baja. En *Tirso* hay efectivamente caracteres enérgicos, pero son absolutamente superficiales. Basta comparar a doña María de Molina con Lady Macbeth para convencerse de ello.

En *La prudencia en la mujer* (acto 2, escena II), el médico del rey Fernando, el judío Ismael, se encuentra ante el dilema de su lealtad al rey y las promesas que le hace el traidor don Juan si mata al rey. Otra ocasión en que un «fraile psicólogo» nos podría haber dado un monólogo como el de *Hamlet* o *El Cid.* ¿Qué hace *Tirso?* Cae en el tópico y en el humor. El tópico consiste en presentarnos al judío titubeando, porque es cobarde: «Mas no fuera yo judío / a no temer y temblar»; y el humor:

> Pero ¿qué hay que recelar
> cuando mi sangre acredito,
> y más no siendo delito
> en médicos el matar?
>
> *(Ibíd.*, pág. 920 a)

El tópico y el humor han destruido lo que podría haber sido un monólogo lleno de verdad humana.

Creo que hay que abandonar el tópico de la «psicología» para acercarse al teatro español. Nuestro teatro fue creado por un hombre de alma muy sencilla que se entregaba de forma total y sin titubeos al ideal que en cada momento le atraía; difícilmente podía crear tipos lentos y complicados de alma. Pero una obra de arte puede ser muy grande obra de arte sin ser psicológica. Vossler hace una distinción iluminadora entre teatro y drama; el teatro es lo plástico y retórico; el drama la presentación de hondos problemas humanos; pues bien, la comedia española no es dramática, es teatral. Concretamente *La prudencia en la mujer* resulta una gran obra teatral, porque en ella se funde el tópico amoroso con la acción principal, sin producir un dualismo que distrae; tiene además, una grandeza épica y una correspondiente altura retórica, que le dan magníficos valores plásticos [14]. En *El condenado* se da la misma fórmula; pero el dualismo es tanto más molesto cuanto el tema central es más sublime y humano; de ahí la sensación de imperfecta que ha producido siempre la composición de esta obra.

La comparación de la comedia española con Shakespeare, Racine o Schiller se impone para que veamos las diferencias radicales de concepción, no de calidad. Si las obras de esos grandes poetas tienen pan y vino para sobrevivir en el futuro, la comedia española, como toda poesía popular-tradicional, vive también sin tiempo, porque todos los hombres llevamos dentro el niño del pasado y gozamos estéticamente con lo superficial, lo épico y lo retórico, cuando se presentan unidos en un cuadro plástico. Con estas indicaciones podemos olvidar lo de la maestría psicológica de

---

[14] Véanse como ejemplo de belleza retórica y plástica estos versos:

> *No me afrente Vuestra Alteza,*
> *cuando puede darme ser;*
> *que una reina, no es nobleza*
> *que hable con un mercader*
> *descubierta la cabeza.*

(*La prudencia*, jornada 2.ª, escena 8. *ODC*, III, pág. 925b).

Tirso, que no pasa de ser un tópico, y apreciar el gran valor estético de la comedia española, en una recta equidistante de la beatería de doña Blanca de los Ríos y la crítica poco comprensiva de Ch. V. Aubrun [15].

La controversia de auxiliis

En la segunda mitad del siglo XVI, surgió en España una controversia entre los teólogos sobre el modo de actuar la gracia de Dios en la salvación o condenación de los hombres. El dominico Domingo Báñez, famoso director espiritual de Santa Teresa, capitaneaba el bando llamado *tomista*, mientras el jesuita Luis de Molina (1535-1600) da su nombre al *molinismo*. Los puntos básicos de ambas doctrinas son los siguientes: la tradición escolástica define a Dios como el ser infinito; sin embargo, todas las cosas que existen tienen su propio ser, distinto del divino. Si el infinito es, por definición, todo, ¿qué ser tienen las cosas creadas? Esta pregunta no tiene solución para la razón humana; los escolásticos la respondieron con ingeniosas imágenes y metáforas: el ser creado es una huella, sombra, imagen o semejanza de Dios. Santo Tomás lo expresa en una forma técnica: «Dios es el ser de todas las cosas de manera eficiente y ejemplar, pero no en sentido formal»[16]; es decir, las cosas son hechas por Dios, pero creadas de la nada; son un rastro de Dios, pero no participan de su mismo ser.

Cuando del problema del ser pasamos al de la acción, la dificultad aumenta, sobre todo si recordamos que los escolásticos no tuvieron un concepto ri-

---

[15] Todo el capítulo dedicado a *Tirso* en *La comedia española* (Madrid, Taurus, 1968), tiene un tono un poco «bizarro».

[16] «*Deus est esse omnium effective et exemplariter, non autem per essentiam*» (*Summa Theologica*, cuestión 3, art. 8, ad 1).

guroso de persona, sino que pusieron todo el peso y valor moral de la persona, en sus actos. En ellos se encuentra la concepción ética que luego Max Scheler critica en Kant: les importa más el acto bueno que el ser buenos con toda nuestra alma y cuerpo. En cuanto a la acción, los tomistas aceptaban el principio aristotélico de que todo lo que se mueve es movido por otro. Por consiguiente, cuando un ser pasa del estado de quietud al de obrar, tiene que ser movido activamente por otro, últimamente, por Dios.

Esta concepción está basada en la concepción cósmica, metafísica de Aristóteles; en él —como luego en el *Lapidario* de Alfonso X— se da una visión unitaria del cosmos físico y espiritual, de manera que el hombre aparece como una excrecencia de la naturaleza, acostado a la acción de todas sus fuerzas. Los pensadores cristianos incorporaron todas esas fuerzas en el movimiento primero que viene de Dios. El tomismo siguió esa doctrina; Suárez, en cambio, negó el principio aristotélico viendo que lo viviente se mueve a sí mismo, y sobre todo, el hombre es libre. Dios, según Suárez, está presente en todo cuanto el hombre hace; todo el ser nuevo que produzca la acción humana, es creado por Dios como causa primera que actúa en perfecta simultaneidad con la segunda (al hombre se le llama causa segunda); pero no hace falta un primer impulso para que el hombre pase de la quietud a la acción.

Los tomistas no cedían; para ellos era necesario admitir ese impulso, al que llamaban «premoción física».

Los jesuitas objetaban que ese primer impulso a la voluntad no respetaba la libertad de ésta; a lo cual respondían los dominicos que el concurso puramente simultáneo de Dios, hacía a Dios dependiente del hombre, pues Dios tenía que esperar a que el hombre se decidiera, para prestar su concurso.

Pasando de estas posiciones metafísicas al problema de la salvación, la cuestión era: si Dios mueve a las criaturas a obrar: ¿cuál es el papel de Dios en el pecado del hombre? Respuesta del tomista: Dios da la fuerza de obrar *(ser)*; pero el pecado es *un no-ser*, por consiguiente, para el *no-ser* no se necesita concurso divino alguno. Así como un cojo usa mal su fuerza motriz porque la encarna en un instrumento inepto, la fuerza motriz de Dios resulta en pecado porque el hombre la usa mal.

En cuanto a la predestinación, Dios ha llamado a todos los hombres a la salvación con un llamamiento general; pero «por sus misteriosos designios», de hecho ha elegido a algunos para el cielo. A estos les da una gracia «intrínsecamente eficaz» para que se salven; a los demás les da «gracia suficiente», pero sabiendo desde toda la eternidad que se van a condenar. ¿Por qué no les da la gracia eficaz? Misterios de Dios; como a nadie debe nada, a nadie hace injusticia [17]. La libertad en esta doctrina extrema se salva acentuando el hecho de que el hombre es el que peca por su propia decisión y el que sigue libremente la gracia y la moción divina. Incluso queda siempre la solución dialéctica: cuanto más cerca y dependiente de Dios, más libre es el hombre.

Aun así, dentro del tomismo, a muchos les pareció extrema esa postura. El mercedario padre Zumel rechaza, desde luego, la doctrina de Molina; en cuanto a la gracia, distingue: «Todas las gracias y todos los dones sobrenaturales son de orden universal, esto es, están a la disposición de todos los hombres, que si no se convierten, e incluso, si no perseveran en el bien, es por su mala voluntad. No obstante, la perseverancia es efecto propio de la predestinación o pro-

---

[17] «*In his quae ex gratia dantur, potest aliquis pro libitu suo dare cui vult, plus vel minus, dummodo nulli substrahat debitum, absque praejuditio justitiae*». (Santo Tomás, *Summa Theologica*, 1.ª parte, cuestión 23, art. 5, ad 3.)

videncia particular»[18]. Así describe el padre Ortúzar la posición de Zumel; hay que tener en cuenta, que «perseverancia» en el párrafo citado significa «perseverancia final», o sea, la actitud última ante Dios, que decide la suerte eterna del hombre.

Para Molina, Dios sabe desde toda la eternidad quién se va a salvar y condenar, porque ve desde su cima en perfecta simultaneidad la caravana de los que peregrinamos sucesiva y temporalmente por la falda. Dios elige o condena a las criaturas en perfecta simultaneidad con el bien o mal obrar de ellas. Los tomistas objetaban que esto hacía a Dios dependiente del hombre; y Molina contestaba que Dios no era dependiente del hombre, puesto que no predestinaba *después* de la acción humana; pero tampoco *antes*, pues entonces sería demasiado triste el destino de los precitos. La ciencia de Dios sobre nuestro destino y, por consiguiente, la predestinación, era una cosa *media* entre el antes y el después; o sea, que era estrictamente simultánea a las acciones y vida de la criatura.

El valor actual de esa ciencia media de Molina consiste en que evita el mecanicismo del movimiento y la quietud, y nos da una imagen del hombre como acostado en los brazos de la Providencia; la teoría de la simultaneidad supera la concepción de Dios como un dómine que estuviera apuntando *actos* en el libro de la vida, y nos deja ver el *ser personal* actuando radicalmente desde sí mismo y en Dios.

Comparando estas ideas con el texto de *El condenado*, ya se ve a primera vista que no tienen mucho que ver. Don Ramón Menéndez Pidal, en su famoso estudio de 1902, se limitó a acentuar que Paulo se condena por su propia culpa; por consiguiente, *Tirso* parecía seguir la doctrina molinista[19].

[18] Padre Martín Ortúzar, «El condenado... depende... de Zumel», pág. 326.

[19] Cfr. bibliografía. Vossler llega a pensar que el entusiasmo de *Tirso* por la doctrina molinista le haría tomar el nombre de Mo-

En 1907 el padre Norberto del Prado [20], fervoroso tomista, publicó una crítica de Pidal, manteniendo que *Tirso* seguía la doctrina de su escuela. Las pruebas fundamentales son la condenación de Paulo a pesar de sus diez años en el desierto, y la salvación de Enrico a pesar de toda su vida de pecado. El padre Rafael María de Hornedo con muy buen sentido notó ya en 1940 que lo aconsejable sería olvidar esa polémica totalmente para enfrentarse con la obra en un plano puramente ascético-moral que parece ser el que *Tirso* pretendía cuando se dirigía al pueblo. Lo mismo sostiene May *(op. cit.,* pág. 140).

No gustó esa tesis a los Mercedarios; y enarbolaron la bandera de Zumel alegando el que *Tirso* había estudiado con el maestro Merino, discípulo de Zumel, los elogios que a este teólogo dedica nuestro poeta en la Historia de la Orden de la Merced y, como argumento principal del texto, la conversión final de Enrico, cuando momentos antes rechazaba la conversión y confesión. Ese arrepentimiento final probaría, según el padre Ortúzar, que la perseverancia en la última hora es una gracia especial, mientras la vida anterior se ha vivido bajo la Providencia general. Enrico ha recibido en el último momento una «gracia eficaz *ab intrinseco*», mientras Paulo no la recibe, aunque ha recibido toda suerte de llamadas y mociones al bien.

Lo que no explica esta doctrina es la clara intención que *Tirso* tiene a través de todo el texto de mostrar que la condenación de Paulo es efecto exclusivamente de su culpa. Dios le ha llamado con la Providencia general de la fe y la especial del ángel de su guarda; pero él se condena *porque quiere*.

Por otra parte todos los teólogos reconocen que, si estas polémicas se reflejan en la obra, están sólo implícitas; por tanto, nosotros podemos prescindir

---

lina en su seudónimo *(Lecciones,* pág. 78); es una ocurrencia sin valor.

[20] Para las referencias concretas, cfr. bibliografía.

de ellas, pues lo que hemos de buscar es una explicación del texto explícito.

Elementos teológicos de otras comedias de *Tirso* le muestran tomista convencido. Por ejemplo en *Los lagos de San Vicente*, Casilda, hija del rey moro de Toledo, recién convertida al cristianismo, da un resumen de sus nuevas creencias; pues bien, lo que en ese resumen no es dogma de todos, sino que está sujeto a opiniones de escuela, es tomista. La Encarnación del Verbo, según Santo Tomás, ocurrió porque el hombre había pecado; así lo dice el Credo, y Santo Tomás se atiene literalmente a él; los franciscanos, en cambio, consideran que el Verbo había decretado encarnarse incluso antes de la Creación, de manera que ésta tuvo lugar precisamente para crearse Dios una historia humana y unirla a su propia vida. Esta es la imagen que se desprende de la *Epístola a los Hebreos*, en que Cristo aparece como recapitulación y primogénito de todas las criaturas. Pues bien, *Tirso* parece hacer una síntesis de las dos posiciones, imaginando que el demonio, al prevenir que el hombre iba a ser subido a tan alta dignidad como es formar con Dios una sola persona, le tentó para que cayera; de modo que la tentación fue envidia del demonio por la Encarnación del Verbo, ya decretada antes del pecado:

> El más hermoso, pues, de ellos [de los ángeles]
> juzgó, necio, a menoscabo
> dar el respeto debido
> al Príncipe su Señor
> después de haberle previsto
> un supuesto y dos sustancias
> y que a fuerza de suspiros
> y opresión de sus retratos,
> su deidad humana quiso.
>
> *(ODC*, II, 32)

Pero, bien leído el texto, nuestro poeta es sustancialmente tomista; los tres últimos versos dicen «quiso hacer humana su deidad a fuerza de suspiros y opresión de aquéllos que son imagen suya»; es decir, que parece hacer depender la Encarnación del pecado del hombre. Tomista se muestra también en otro punto muy discutido en las escuelas, sobre todo en el siglo XIII. Santo Tomás mantuvo la doctrina de que en el hombre sólo había una forma sustancial —alma racional— que contenía a las formas inferiores —sensibilidad, vegetabilidad, corporeidad— en forma «virtual y eminente»; pues bien, cuando oyeron esa doctrina los dominicos tradicionalistas y los franciscanos de París, se rasgaron los hábitos considerando cuasihereje al inmenso teólogo. En las disputas públicas, para reducirle al absurdo la doctrina de la forma única, el franciscano John Peckham le preguntaba: ¿cuando Cristo estaba muerto en el sepulcro, seguía su ojo siendo ojo de Cristo? Santo Tomás contestaba: no; porque Cristo muerto no era hombre, ya que su alma —forma sustancial— estaba separada del cuerpo; de lo contrario no hubiera verdaderamente muerto. *Tirso* sigue esa doctrina:

> Tres días durmió cadáver
> sin ser hombre, dividido
> lo corporal de su forma,
> aunque uno y otro divinos

(Ibíd.)

Según *Tirso*, pues, Cristo muerto no deja de ser Dios, pero sí de ser hombre; y su cuerpo, al ser separado de la forma, no es suyo en cuanto hombre[21].

---

[21] «Aunque se apartó el alma del cuerpo, no se apartó la divinidad del alma ni del cuerpo» (Bartolomé de Carranza, *Comentarios al catecismo cristiano*. Amberes, 1558, folio 72 r 1). *Tirso*, en cambio, no es tomista en la cuestión de la Inmaculada. Los dominicos, siguiendo a Santo Tomás, eran reacios a defender que la Virgen había sido concebida sin pecado original; *Tirso*, al contrario, fue apóstol de la Inmaculada en Santo Domingo. Cfr. Vossler, *op. cit.*, pág. 29.

Como todos los autores de su tiempo, de cualqu.
género que sean, usa constantemente aforismos es
colásticos y, tratándose de comedias en que la materia
fundamental es la intriga amorosa, es lógica la presencia de la doctrina escolástica de las pasiones y las
relaciones entendimiento, voluntad, deseo, imaginación, etc. Ahora bien, cuanto más se le lee, más se
convence uno de que él usa la teología ya vulgarizada
y que su afán no es dramatizar opiniones particulares
de escuela, sino aprovechar al pueblo con las grandes
verdades de la religión, al mismo tiempo que le deleita
con la intriga teatral. (Cfr. May, pág. 148.)

En el caso concreto de *El condenado*, el próximo
párrafo demuestra que nos ayuda mucho mejor a entender la obra el relacionarla con la literatura mística
que con la disputa *de auxiliis* [22].

Tirso *y San Juan de la Cruz*

Paulo es un ermitaño; lleva diez años en el desierto
y ha sido su propio maestro. Mal modo de comenzar
en un tiempo en que se había impuesto la vida con-
ventual con regla, con superior y dirección espiritual [23]. Aparece orando con una visible complacencia
y seguridad en su camino; poco lógico también con

---

[22] Los que asocian *El condenado* a las disputas sobre la gracia
(o «*de auxiliis*») suelen recordar que España es «pueblo de teólogos»
y que esas luchas eran lo vigente cuando *Tirso* escribió su obra.
Pero conviene recordar que si la obra se escribió en 1625, fecha
más probable, hacía ya veintiún años que el Papa había disuelto
las diatribas de los frailes sobre ese punto. Si bien éstas han se-
guido en las escuelas hasta nuestro siglo, es absurdo pensar que
el pueblo de «mosqueteros» tuviera ningún interés en las sutilezas
de la disputa. Cfr. P. Hornedo, art. cit., pág. 19.

[23] «*Omnes fere Patres docent ad vitam eremiticam non debere
quemquam transire, nisi prius diligenter in coenobio se exercuerit,
propterea quod eremus non adferat perfectionem, sed praesupponat*».
(R. Belarmino, *Controversiae christianae fidei*, tomo 2, lib. 2. Ed. Colonia, 1628, pág. 369.)

el temor reverencial que siempre debe tener quien a Dios ama. Comienza regodeándose en las criaturas, a las que considera correctamente como vestigios de la pisada divina; pero es probable que ese gozar del vestigio le impida elevarse al Creador. San Juan de la Cruz y Santa Teresa piden la total desnudez de los goces sensibles; por fin, en ese monólogo se presenta una concepción egoísta del cielo y el infierno, incompatible con la desnudez de quien dice:

> No me mueve, mi Dios, para quererte
> el cielo que me tienes prometido,
> ni me mueve el infierno tan temido
> para dejar por eso de ofenderte.
> Tú me mueves, Señor.

Desde ese comienzo egoísta, da un paso hacia la soberbia espiritual y tentación de Dios, pidiéndole revelaciones especiales:

> Aqueste bien, Señor, habéis de hacerme.
> ¿qué fin he de tener, pues un camino
> sigo tan bueno? no queráis tenerme
> en esta confusión, Señor eterno

> (Vs. 188-191)

Si Paulo, en vez de retirarse a la montaña, hubiera hecho su noviciado en Pastrana, hubiera aprendido que «el demonio gusta mucho cuando una alma quiere admitir revelaciones y la ve inclinada a ellas, porque tiene él entonces mucha ocasión y mano para ingerir errores, y derogar en lo que pudiere a la fe, porque, como he dicho, grande rudeza se pone en el alma que las quiere, acerca de ella, y aun a veces, hartas tentaciones y impertinencias» [24].

«Justamente se enoja Dios con quien las admite (las revelaciones), porque ve es temeridad del tal me-

---

[24] San Juan de la Cruz, *Subida del Monte Carmelo*, lib. 2, cap. 11. Madrid, BAC, 1964, pág. 416.

terse en tanto peligro y presunción y curiosidad, y ramo de soberbia y raíz y fundamento de vanagloria, y desprecio de las cosas de Dios, y principio de muchos males en que vinieron muchos; los cuales tanto vinieron a enojar a Dios, que de propósito los dejó errar y engañar y escurecer el espíritu y dejar las vías ordinarias de la vida... les mezcló Dios en medio espíritu de entender al revés... los dejó desatinar no dándoles luz en lo que Dios no quería que se entremetiesen, y así dice que les mezcló aquel espíritu Dios privativamente. Y desta manera es Dios causa de aquel daño, es a saber, causa privativa que consiste en quitar Él su luz y favor; tan quitado que necesariamente vengan en error. Y desta manera da Dios licencia al demonio para que ciegue y engañe a muchos, mereciéndolo sus pecados y atrevimientos; y puede y se sale con ello el demonio, creyéndole ellos y teniéndole por buen espíritu» *(ibíd.,* pág. 448.)

El texto de San Juan de la Cruz habla sin interpretaciones; e incluso en qué medida Dios es causa de la condenación de esos hombres, pero, de nuevo, al margen de ninguna posición de escuela; Dios se ofende de los que se apegan a revelaciones especiales, porque proceden de vanagloria —pecado— y fomentan la vanagloria.

De todas formas, si Paulo hubiera tenido director espiritual o hubiera leído a San Juan de la Cruz, hubiera sabido que aquella figura angélica era demonio. Cuando la visión desaparece, a Paulo le quedan los efectos descritos por nuestros místicos:

> En mi pecho ciego labras
> quimeras y confusiones   (Vs. 279-280)

Lo mismo siente Enrico cuando el diablo le habla en el acto III, escena 7:

> No me conozco a mí mismo
> y el corazón no reposa (Vs. 2259-2260)

«De estas visiones que causa el demonio, a las que son de parte de Dios hay mucha diferencia; porque los efectos que éstas hacen en el alma no son como los que hacen las buenas, antes hacen sequedad de espíritu acerca del trato con Dios y inclinación a estimarse y a admitir y tener en algo las dichas visiones, y en ninguna manera causan blandura de humildad y amor de Dios» (pág. 459 b).

Creo que este texto ilumina profundamente la creencia total de Paulo en el mensaje diabólico; su vanagloria al considerar que Enrico será algún divino varón; y luego, la falta de amor de Dios que le decide a cambiar de vida. Por fin, si atendemos al contenido de la revelación, el demonio no le engaña; le da una respuesta equívoca a su pregunta; es Paulo el que interpreta más de lo que se le ha dicho, concluyendo cuando ve la vida de Enrico, lo que no estaba en las premisas, y sobre todo en la Providencia y Misericordia divina: que Enrico se va a condenar. En San Juan de la Cruz hubiera encontrado: «Las revelaciones o locuciones de Dios no siempre salen como los hombres las entienden o como ellas suenan en sí; y así no se han de asegurar en ellas ni creerlas a carga cerrada, aunque sepan que son revelaciones o respuestas o dichos de Dios, porque, aunque ellas sean ciertas y verdaderas en sí, no lo son siempre en sus causas y en nuestra manera de entender; lo cual probaremos en el capítulo siguiente» *(ibíd.*, pág. 437).

Y en el capítulo siguiente, dice el Doctor místico: «Aunque los dichos y revelaciones sean de Dios, no nos podemos asegurar en ellos, pues nos podemos mucho y muy fácilmente engañar en nuestra manera de entenderlos; porque ellos todos son abismo y profundidad de espíritu, y quererlos limitar a lo que de ellos entendemos y puede aprehender el sentido nuestro, no es más que querer palpar el aire y palpar alguna nota que encuentra la mano en él; y el aire se va y no queda nada» (pág. 440).

En el acto II, escena XVII, Enrico le enseña a Paulo esa doctrina de San Juan:

Las palabras que Dios dice
por un ángel, son palabras,
Paulo amigo, en que se encierran
cosas que el hombre no alcanza

(Vs. 1962-1965)

De este análisis se deduce que todo el acto primero de la obra sigue de cerca la doctrina de la vida espiritual que se había hecho bien común de los mejores místicos. Paulo, abandonado de Dios, por sus errores culpables en el desarrollo espiritual, concluye que Dios le ha reprobado de antemano; inferencia falsa de todo punto. Ahora bien, ¿cuál debiera haber sido su conducta desde entonces?

Aunque don Ramón Menéndez Pidal estudió magistralmente los orígenes de la leyenda en cuanto a la comparación del hombre superior e inferior ante Dios, la leyenda india o de los Padres no contiene el elemento del cambio de conducta que se opera en el que era mejor. Paulo decide vivir como Enrico, porque se siente condenado como él; este aspecto en que entra la conciencia de predestinación, ausente de la leyenda india y árabe, es típicamente cristiano, y fue tratado por multitud de teólogos durante la Edad Media. *Tirso* estructura su drama conforme a un problema teológico que no se trataba en el tratado de la predestinación, sino al hablar de la virtud de la esperanza. He aquí cómo lo presenta Suárez.

La virtud de la esperanza: Tirso *y Suárez*

En el tratado de la esperanza escribe nuestro teólogo: «Podemos preguntarnos si la desesperación es tan intrínsecamente mala que nunca pueda ser lícita.

La razón de esta pregunta es el *caso popular (vulgaris casus)* según el cual, si Dios le revelase a alguno que estaba reprobado, a éste le sería lícito desesperar. Algunos niegan que esto sea posible incluso para la potencia absoluta de Dios (San Buenaventura, Gregorio de Rímini); y Santo Tomás dice que este supuesto es casi *(quasi)* imposible. Lo mismo dice Dionisio Richel en el diálogo *Sobre el juicio del alma,* quien a su vez refiere las opiniones de Alejandro de Hales y Guillermo Altisidoriense.»

Como se ve, el «caso popular» había ocupado a los teólogos desde antiguo; pero no tenía que ver nada con la posición de ninguna escuela en la cuestión concreta de la gracia. Suárez apura el caso imaginando la hipótesis de que Dios revelara a uno su condenación, y sigue preguntando: ¿cuál debe ser su comportamiento posterior? La solución de nuestro teólogo es:

1. Ese hombre no tendría obligación ninguna de esperar; 2. Sin embargo, todavía puede esperar auxilio divino para hacer algunas obras buenas, de donde se deduce que es falsa la posición de Gabriel Biel, para quien en este caso sería lícito el querer pecar. Suárez encuentra contradictoria la posición del maestro alemán, porque si al hombre le fuera lícito pecar en algún momento, su acción no sería pecado. Y añade el gran pensador español: 3. «Se puede añadir que ese hombre no puede ni debe desesperar de la misericordia divina de una manera propia y positiva, por tres razones:

a), porque no tiene ninguna necesidad de desesperar; por consiguiente puede abstenerse de realizar tal acto; *b)*, porque debe creer que, aunque se va a condenar, no ha sido por falta de la Divina Misericordia, sino por culpa suya; por tanto no le es lícito el desesperar de Dios; *c)*, nunca le será lícito el odiar la bienaventuranza y a Dios, y el no desearlos; debe, pues,

desearlos y hacer cuanto esté de su parte para conseguirlos»[25].

Este texto de Suárez demuestra que el *Tirso* teólogo efectivamente usa en su teatro la doctrina de las escuelas; pero no es la de la predestinación, sino la doctrina de la esperanza. En la misma página que he resumido dice el teólogo jesuita: «Dirás que a San Pablo le había sido revelada su salvación y, sin embargo, temía condenarse; luego de manera opuesta podría uno tener la revelación de estar reprobado y no desesperar; se confirma porque, de hecho, todo hombre puede siempre salvarse, luego puede esperar.» La aparición del nombre de Paulo en este contexto nos ayuda a pensar que *Tirso* pensó a su Paulo como una conversión inversa a la que tuvo lugar en el camino de Damasco. Pero esto no quiere decir que *Tirso* tuviera concretamente el texto de Suárez ante los ojos, ya que San Pablo aparece constantemente en la literatura espiritual del tiempo, precisamente para hacer ver cómo la gracia de Dios puede convertirle a uno instantáneamente de perseguidor en predicador. Especialmente aparece esto claro en la fuente explícita de *Tirso:* en Belarmino.

Tirso *y Belarmino: la salvación de Enrico*

El final de la obra es la condenación de la desconfianza y apoteosis de la esperanza en la misericordia divina. El último epifonema de la obra es: «Amigo / quien fuere desconfiado / mire el ejemplo presente»; y termina Pedrisco:

> Y porque es esto tan arduo
> y difícil de creer,
> siendo verdadero el caso,

[25] F. Suárez, *Commentaria in Secundam Secundae Divi Thomae. De Spe*, Disputatio 2, sectio 2, n. 6. Ed. Vives, *Opera Omnia*, París, 1858, XII, pág. 628 y ss.

vaya el que fuere curioso
(porque sin ser escribano
dé fe de ello), a Belarmino;
y si no, más dilatado
en la vida de los Padres
podrá fácilmente hallarlo

(Vs. 2981-2993)

Como don Ramón Menéndez Pidal en 1902 buscó solamente el cuento tradicional que contenía la comparación entre los dos modos de vida que encarnan Paulo y Enrico, no encontró en la obra de Belarmino la versión que hubiera explicado el drama; sin embargo, *Tirso* no era un filólogo tradicionalista, y al final podía citar a Belarmino sencillamente como autoridad en cuanto al mensaje de esperanza y confianza en Dios que nuestro fraile quería transmitir al pueblo. Una vez estudiado el contenido del drama en la conexión teológica y moral en que nosotros lo hemos hecho, resulta más claro que *Tirso* se refiere al escrito *De arte bene moriendi* (Roma, 1620) del famoso cardenal[26].

La obra se divide en dos libros; el primero estudia cómo se ha de vivir siempre para morir bien, y el segundo da consejos de conducta cuando la muerte se acerca. El segundo libro contiene, sin contar los ejemplos bíblicos, diecisiete historias de milagros, salvaciones o condenaciones por el modo de comportarse en el momento de la muerte. (Cfr. May, página 149.) Comenzando por la parte dogmática, Belarmino establece una luminosa distinción entre *fe* y *confianza*: la fe es la virtud intelectual por la cual asentimos a los dogmas revelados —ésta no la pierde Paulo nunca—, mientras la confianza —fiducia— es una esperanza arraigada —*spes roborata*— : Paulo pierde

---

[26] G. M. Bertini, en su edición de 1938, había identificado el libro de Belarmino; pero no lo describe y la historia que cita como posible paralelo de *El condenado*, tiene una relación bastante remota. Por otra parte, Bertini acepta sin más el molinismo de *Tirso*.

esa confianza [27]. En el capítulo 10 del libro segundo, toma un ejemplo de San Beda que es probablemente la historia de Paulo: «Conocí yo a un fraile, ojalá no le hubiese conocido, cuyo nombre podría incluso decir si nos sirviera de algo; estaba en un noble monasterio, pero él vivía innoblemente. Herido por la enfermedad y llegado al peligro de muerte, llamó a sus hermanos y, con gran angustia y semejante a un condenado, les contó que veía el infierno abierto, y a Satanás inmerso en lo más profundo; a su lado estaban Caifás y todos los que mataron a Cristo, todos entregados a las vengadoras llamas; y a su lado, dijo, ay mísero de mí, veo el lugar de condenación eterna que me está preparado. Al oír esto los hermanos empezaron a exhortarle que hiciera penitencia mientras estaba vivo; pero él respondía desesperado: ya no tengo tiempo de mudar de vida, cuando he visto que mi juicio ya está fallado. Esto diciendo, murió sin viático, y su cuerpo fue enterrado en el lugar más excusado del monasterio» (pág. 207).

Después de contar el caso, añade San Roberto: «Lo que decía este miserable monje, que ya no tenía tiempo de mudar de vida, no lo decía desde la verdad, sino por persuasión diabólica; pues el Espíritu Santo nos dice clarísimamente por el profeta Ezequiel que Dios está siempre preparado a abrazar a aquellos que se convierten del pecado a la penitencia» (ibíd.).

En el capítulo 12 del mismo libro habla de los que son tentados contra la esperanza en el momento de la muerte y aconseja acordarse de la infinita misericordia de Dios, hacer penitencia y recordar que «San Pablo fue cambiado de perseguidor en predicador. El mismo lo escribió para que todos los pecadores se conviertan con su ejemplo, y nadie, por muy

---

[27] «Haec virtus spes ex fide nascitur... sed ad spem excitandam et roborandam, ut non solum spes, sed etiam fiducia dici possit, plurimum valet conscientia bona» (De arte bene moriendi, lib. 1, cap. 3. Ed. Colonia, 1634, pág. 16); cfr. pág. 49.

criminal que sea, desespere de la misericordia de Dios» (pág. 216).

Este texto del criminal confiado nos introduce en el destino de Enrico. *Tirso* le deja una virtud entre todos los crímenes: la piedad, amor a su padre, que se concreta en la limosna. Pues bien, en el libro de San Roberto Belarmino, encontramos el texto siguiente: «Me parece más aceptable la sentencia de Santo Tomás que considera la limosna como perteneciente al primer precepto de la segunda tabla: honrarás a tu padre y a tu madre; honrar a los padres, como se entiende en ese lugar, no es sólo mostrarles respeto, sino principalmente procurarles lo necesario para vivir, que es una especie de limosna que debemos a nuestro principal prójimo... La limosna tiene la fuerza de una especie de bautismo, o sea, borrar los pecados en cuanto a la culpa y en cuanto a la pena» (Libro 1, págs. 65-66.) Al final de su vida, Enrico recibe la inspiración de permanecer en la cárcel porque eso será su salvación. Allí, condenado a muerte, efectivamente se salva. Belarmino había escrito que para los condenados justamente «la muerte les puede servir como satisfacción ante Dios, con tal de que detesten seriamente sus pecados y reciban resignadamente la muerte para expiación de sus pecados» (Lib. 2, capítulo 14, pág. 226).

Por supuesto, Enrico ha rechazado toda confesión explícita de esos pecados; pero *Tirso* deja muy claro que tiene una contrición perfecta y que rechaza su vida pasada por puro amor de Dios. También este detalle encuentra justificación teológica en el librito de Belarmino: «A los que se preparan a bien morir, les es sobre todo necesaria la contrición; pues la confesión sin contrición o verdadera atrición, no basta para la salvación; tampoco sirve para nada la satisfacción sin contrición; en cambio la contrición, que supone la caridad, conduce a la salvación, incluso sin confesión ni satisfacción, cuando estas dos últimas no se pueden ya hacer» (pág. 180) [28].

La posibilidad de salvarse en el último instante por medio de ese acto de contrición, la refuerza San Roberto con la historia del monje Teodoro, extraída de los *Diálogos* de San Gregorio: era un muchacho inquieto y de mala conducta; no podía oír ningún buen consejo; pero herido por la peste, llegó a sus últimos momentos; y estando expirando se acercaron los hermanos para proteger con sus oraciones sus últimos instantes; ya tenía muerto más de medio cuerpo; sólo ya en el pecho le alentaba el calor vital. Cuanto más deprisa veían ya los hermanos que se iba, con tanta más fuerza rezaban. Entonces, les empezó a gritar de repente: *Retiraos, retiraos de ahí; he sido entregado al dragón para que me devore, y no me puede terminar por vuestra penitencia; dejadle cumplir su cometido y que no me atormente más.*

Los hermanos entonces le dijeron: *No digas tonterías, haz la señal de la cruz;* él respondió: *Me quiero persignar pero no puedo porque me oprimen las escamas del dragón;* al oír esto los hermanos, postrados en tierra y con lágrimas, oraron con más fervor para que fuera librado; y de pronto empezó a gritar el enfermo diciendo: *Gracias a Dios, ha huido el dragón que me había tomado para devorarme; no ha podido resistir a vuestras oraciones* (págs. 221-222).

El ejemplo del monje Teodoro que se salva cuando no le queda más que el último aliento del corazón después de una vida frívola y pecadora, creo que explica muy bien la historia de Enrico.

Para no alargar de modo irrealista esta introducción, mantengo mi propósito de no hablar de *El Bur-*

---

[28] «*Non est necessarium quod aliquis in ipso momento justificationis de hoc vel illo peccato determinate cogitet, sed solum quod doleat se propria culpa a Deo esse aversum*». (Santo Tomás, *De veritate*, cuestión 28, art. 5, ad 3.)

lador de Sevilla; pero, leído el libro del cardenal Belarmino, encontramos el ejemplo que pudo inspirar el don Juan: si hay que confiar siempre, el mejor precepto para morir bien es vivir bien; por tanto, la presunción de que a la hora de la muerte nos convertiremos, es una tentación de Dios: pecado contra el Espíritu Santo, que no se perdona en este mundo ni en el otro[29]. *El Burlador* y *El condenado* parecen dos hermanos siameses inspirados en la misma fuente. Para comprender mejor el misterio de la condenación de Paulo y salvación de Enrico, hay que recordar que éste comete pecados de los perdonables; en cambio, los de Paulo: «tentación de Dios, soberbia espiritual, presunción, desesperación e impenitencia final», son los llamados por la Escolástica 'pecados contra el Espíritu Santo', aquellos que no se perdonan en este mundo ni en el otro, porque ni Dios mismo los puede perdonar[30]. Esta doctrina de los pecados contra el

[29] He aquí la historia de Don Juan y su fuente: «*An non legisti quod Venerabilis Beda, cap. 14, lib. 5 Historiae gentis Anglorum de hac re scriptum reliquerit? Erat juvenis quidam, strenuus corpore et regis amicus sed moribus corruptissimus, et Deo Summo Regi maxime invissus. Hic sibi longissima vitae spatia pollicens, vitae mutationem et poenitentiam in extremam senectutem differre volebat; verum mors non expectavit senectutem, sed eum adhuc florentem et juvenem lethali quodam morbo aggreditur. Aegrotantem rex, quippe qui pius et humanus erat, invisit, atque ad poenitentiam et confessionem cohortatus est; at ille: cum convaluero, inquit, istud faciam: nunc enim amici tanquam timidum et metu mortis deriderent... venit igitur post paululum dies extrema... et subito in desperationem incidit*». (*Conciones habitae Lovanii*, Coloniae, 1615, pág. 40.) En *El arte de bien morir*, Belarmino, además de la conversión de San Pablo, recuerda el caso del buen ladrón, que expía todos sus pecados con un acto sincero de contrición en la cruz, y el misterio de Judas, apóstol que se condena, frente a San Matías, elegido después de la Ascensión de Cristo.

[30] «*Il monaco a quindi commesso un peccato contro lo Spirito, mentre il bandito è soltanto colpevole contro la carne. Ecco i termini del contrasto*» (Bertini, *op. cit.*, pág. XXXIII); Serge Maurel, siguiendo a doña Blanca y Vossler, cita unos textos de Blosio que tienen algún paralelismo con el tema de *El condenado;* no cita, en cambio, los más obvios de Belarmino.

Espíritu Santo debiera haberles recordado a los teólogos que *Tirso* pone toda la culpa en el hombre, y por consiguiente, en *este drama* está fuera la doctrina de la predestinación. La cita de Belarmino, cardenal romano cuyas controversias estuvieron al margen de las disputas de los frailes españoles, debiera también haberles puesto en la buena pista (May, página 149).

Una vez incorporada la obra a su contexto ideológico, la inferencia más importante se refiere a la fecha. Doña Blanca le asignó los años 1614 o 1615; Vossler la considera simplemente anterior a *El Burlador;* González Palencia la fecha en 1625; la lectura errónea de un documento situaba a *Tirso* en Salamanca en ese año, y el autor deduce que en el ambiente universitario, donde se recordarían las controversias sobre la gracia, sentiría *Tirso* el deseo de escribirla.

Nosotros creemos que la escribió en Sevilla en 1625 o principios del 26. El *Arte de bien morir*, de Belarmino, se publica en 1620; pero *Tirso* propone al pueblo la consulta del libro; por consiguiente, no es fácil que se refiera a la obra latina, sino traducida. La traducción primera del *Arte* apareció en Barcelona en 1624. En 1621 había muerto el famoso cardenal que hoy es San Roberto Belarmino; *Tirso* había escrito ese mismo año una décima para la traducción de un libro de aquél: *Officio del principe christiano*, que se publicó en 1624 [31].

---

[31] La décima fue localizada por don Florentino Zamora Lucas y publicada por el P. Penedo Rey en «Una décima y una aprobación no conocidas de fray Gabriel Téllez», *Estudios* (1949), páginas 764-769. El traductor se llamaba Miguel de León Suárez. He aquí los versos:

> León, tu christiano celo,
> en útil razón de estado
> antídotos nos ha dado
> contra el impio Maquiabelo:
> trasplantaste a nuestro suelo
> de Edén el árbol divino,

De nuevo, un documento fehaciente destruye los mejores argumentos de crítica interna; pero la unidad temática de *El condenado* con *El burlador*, la traducción en 1624 al castellano del *Arte de bien morir* y la intención ejemplar de ambas obras, que las deja fuera de la prohibición de la *Junta*, hacen pensar que las compuso durante su estancia en Sevilla, junto a la puerta del mar tartesio, entre jóvenes espadachines olvidados de sus postrimerías.

Esta edición

Hemos cotejado la edición de Américo Castro, que reimprimió la princeps de 1635 (P) con las de Hartzenbusch (H), doña Blanca de los Ríos (R) y la suelta del siglo XVII (S). Esta edición contiene algunas lecturas visiblemente defectuosas; le faltan muchos versos; pero en algunas ocasiones ofrece una lectura preferible a las otras.

Respetamos los versos suplidos por Hartzenbusch, y su división en escenas, porque facilita el uso del texto.

y abriste a tu Rey camino,
si difícil hasta aquí,
ya tan fácil; que por ti
es español Belarmino.

Bibliografía

BELLARMINI, R., *Conciones habitae Lovanii*, Coloniae Agrippinae, 1615.
— *Disputationes de Controversiis christianae fidei*, Coloniae Agrippinae, 1628.
— *De arte bene moriendi libri duo*, Coloniae Agrippinae, 1634.
TÉLLEZ, Gabriel, *Comedias escogidas de fray Gabriel Téllez (el maestro Tirso de Molina)*, Ed. Juan E. Hartzenbusch, 8.ª ed., Madrid, M. Rivadeneyra, 1866.
— *Comedias de Tirso de Molina*, Ed. E. Cotarelo y Mori, Madrid, Bailley-Baillière e hijos, 1906-1907.
PRADO, P. Norberto del, Sobre *El condenado por desconfiado*, drama de Tirso de Molina. Crítica literario-teológica, Vergara, 1907.
MENÉNDEZ PIDAL, R., *Discurso:* «*El condenado por desconfiado*», de Tirso de Molina, Madrid, 1902. Recogido en *Estudios literarios*, Madrid, 1920, págs. 9-100.
BUSHEE, Alice H., «Bibliography of *La prudencia en la mujer*», en *Hispanic Review*, I (1933), págs. 271-283.
— «The five Partes of Tirso de Molina», en *Hispanic Review*, III (1935), págs. 89-102.
GREEN, Otis H., «Notes on the Pizarro Trilogy of Tirso de Molina», en *Hispanic Review*, IV (1936), 201-225.
WADE, Gerald E., «Tirso's Self-Plagiarism un Plot», en *Hispanic Review*, IV (1936), págs. 55-56.
BUSHEE, Alice H., «The Guzmán Edition of Tirso de Molina's Comedias», en *Hispanic Review*, V (1937), páginas 25-39.
TÉLLEZ, Gabriel, *El condenado por desconfiado*, Ed. G. M. Bertini, Universitá di Torino, 1938.
WADE, Gerald E., «Notes on Tirso de Molina», en *Hispanic Review*, VII (1939), págs. 69-72.

BUSHEE, Alice H., *Three Centuries of Tirso de Molina*, Philadelphia, University of Pennsylvania Press, 1939; Londres, Oxford University Press, 1939. (Incluye los artículos de la Sra. Bushee citados arriba.)

HORNEDO, P. Rafael M.ª de, «*El condenado por desconfiado* no es una obra molinista», en *Razón y Fe*, CXX (1940), páginas 18-34.

KENNEDY, Ruth Lee, «Certain phases of the Sumptuary Decrees of 1613 and their Relation to Tirso's Theatre», en *Hispanic Review*, X (1942), págs. 183-214.

— «Studies for the Chronology of Tirso's Theatre», en *Hispanic Review*, XI (1943), págs. 17-46.

GONZÁLEZ PALENCIA, A., «Quevedo, Tirso y las comedias ante la Junta de Reformación», en *Boletín de la Real Academia Española*, XXV (1946), págs. 43-84.

TÉLLEZ, Gabriel, *Obras dramáticas completas de Tirso de Molina (Fray Gabriel Téllez), 1584-1648*. Ed. Blanca de los Ríos, Madrid, Aguilar, 1946-52. *(ODC.)*

Estudios. Tirso de Molina: ensayos sobre la biografía y la obra del padre maestro fray Gabriel Téllez, Madrid, 1949. (Número especial de la revista *Estudios* dedicado a Tirso.)

WADE, Gerald E., «La dedicatoria de Matías de los Reyes a Tirso de Molina», en *Estudios*, VIII (1949), págs. 589-593.

RÍOS, Miguel, *Tirso de Molina ante una hipótesis*, Madrid, 1955.

MAY, T. E., «El condenado por desconfiado», en *Bulletin of Hispanic Studies*, XXXV (1958), págs. 138-156.

MANCINI, Guido, Ed. *Studi tirsiani*, Milán, Feltrinelli, 1958.

PARKER, A. A., «The Aproach to the Spanish Drama of the Golden Age», en *Tulane Drama Review*, IV (1959-1960), págs. 42-59.

GUASTAVINO GALLENT, G., «Notas tirsianas, II: más sobre el nacimiento de Tirso», en *Revista de Archivos, Bibliotecas y Museos*, LXIX (1961), págs. 817-820.

CASALDUERO, Joaquín, *Estudios sobre el teatro español*, Madrid, Gredos, 1962.

NOUGUÉ, André, *L'oeuvre en prose de Tirso de Molina: Los cigarrales de Toledo et Deleytar aprovechando*, Toulouse, Librairie des Facultés, 1962.

TÉLLEZ, Gabriel, *Tirso de Molina, estudio y antología.*

Edición José Sanz y Díaz, Madrid, Compañía Bibliográfica Española, 1964.

— *El vergonzoso en palacio, El condenado por desconfiado, El burlador de Sevilla, La prudencia en la mujer, por Tirso de Molina.* Ed. Juana de Ontañón, México, Editorial Porrúa, 1965.

VOSSLER, Karl, *Lecciones sobre Tirso de Molina,* Madrid, Taurus, 1965.

WADE, Gerald E., «*El burlador de Sevilla:* the Tenorios and the Ulloas», en *Symposium,* Fall, 1965, págs. 249-258. (Importante para ver las conexiones y alusiones personales de Tirso. Se basa sobre todo en García Caraffa.)

— «Tirso's *Cigarrales de Toledo:* Some Clarifications and Identifications», en *Hispanic Review,* XXXIII (1965), páginas 246-272.

TÉLLEZ, Gabriel, *Comedias I: El vergonzoso en palacio, El burlador de Sevilla,* Ed. Américo Castro, Madrid, Espasa-Calpe, 1932; Madrid, 1967.

AUBRUN, Charles V, *La comedia española (1600-1800),* Madrid, Taurus, 1968.

HORL, Sabine, *Leidenschaften und Affekte im dramatischen Werk. Tirso de Molina,* Hamburgo, Romanisches Seminar der Universität, 1969.

FERREYRA LIENDO, M. A., «*El condenado por desconfiado:* Análisis teológico y literario del drama», *Revista de la Universidad Nacional de Córdoba,* X (1969), páginas 923-946.

TÉLLEZ, Gabriel, *La venganza de Tamar,* Ed. A. K. G. Paterson, Londres, Cambridge University Press, 1969.

— *Obras de Tirso de Molina,* Ed. María del Pilar Palomo, Madrid, Ediciones Atlas, 1970.

WARDROPPER, Bruce, Ed. *El condenado por desconfiado,* en *Teatro español del siglo de oro,* Nueva York, Charles Scribner's Sons, 1970.

MAUREL, Serge, *L'univers dramatique de Tirso de Molina,* Poitiers, 1971. (Sobre *El condenado,* págs. 515-557.

WADE, G. E., y GONZÁLEZ, J. J., «Tirso de Molina and the Gonzagas», en *Hispania,* LV (1972), págs. 264-277.

SCHALK, Fritz, «Melancholie im Theater von *Tirso de Molina*», en *Ideen und Formen,* por Fritz Schalk, páginas 215-238.

El condenado por desconfiado

PERSONAS

PAULO, ermitaño
ENRICO
Un PASTORCILLO (un ángel)
El DEMONIO
ANARETO, padre de Enrico
CELIA
LIDORA, criada
OCTAVIO
LISANDRO
PEDRISCO, gracioso
GALVÁN
ESCALANTE
ROLDÁN
CHERINOS
ALBANO, viejo
El GOBERNADOR DE NÁPOLES
El ALCAIDE DE LA CÁRCEL
Un JUEZ
Esbirros
Bandoleros
Caminantes
Porteros
Presos
Carceleros
Villanos
Pueblo

(La escena es en Nápoles y sus cercanías)

JORNADA PRIMERA

(Selva: dos grutas entre elevados peñascos)

ESCENA PRIMERA

(PAULO, *solo, de ermitaño*)

PAULO

¡Dichoso albergue mío!
¡Soledad apacible y deleitosa,
que en el calor y el frío
me dais posada en esta selva umbrosa,
donde el huésped se llama   5
o verde yerba o pálida retama!
Agora, cuando el alba
cubre las esmeraldas de cristales,
haciendo al sol la salva,
que de su coche sale por jarales,   10
con manos de luz pura,
quitando sombras de la noche oscura,
salgo de aquesta cueva,
que en pirámides altos destas peñas
Naturaleza eleva,   15
y a las errantes nubes hace señas
para que noche y día,
ya que no hay otra, me hagan compañía.
Salgo a ver este cielo,
alfombra azul de aquellos pies hermosos.   20

¡Quién, oh celeste velo,
aquesos tafetanes luminosos
rasgar pudiera un poco
para ver...! ¡Ay de mí! Vuélvome loco;
Mas ya que es imposible,   25
y sé cierto, Señor, que me estáis viendo
desde ese inaccesible
trono de luz hermoso, a quien sirviendo
están ángeles bellos,
más que la luz del sol hermosos ellos,   30
mil glorias quiero daros
por las mercedes que me estáis haciendo
sin saber obligaros.
¿Cuándo yo merecí que del estruendo
me sacarais del mundo,   35
que es umbral de las puertas del profundo?
¿Cuándo, Señor divino,
podrá mi indignidad agradeceros
el volverme al camino,
que, si no lo abandono, es fuerza el veros,   40
y tras esta vitoria,
darme en aquestas selvas tanta gloria?
Aquí los pajarillos,
amorosas canciones repitiendo
por juncos y tomillos,   45
de Vos me acuerdan, y yo estoy diciendo:
«Si esta gloria da el suelo,
¿qué gloria será aquella que da el cielo?»
Aquí estos arroyuelos,
jirones de cristal en campo verde,   50
me quitan mis desvelos,
y causa son a que de Vos me acuerde.
¡Tal es el gran contento
que infunde al alma su sonoro acento!
Aquí silvestres flores   55
el fugitivo viento aromatizan,
y de varios colores
aquesta vega humilde fertilizan.

Su belleza me asombra;
calle el tapete y berberisca alfombra.   60
Pues con estos regalos,
con aquestos contentos y alegrías,
¡bendito seas mil veces,
inmenso Dios, que tanto bien me ofreces!
Aquí pienso servirte,   65
ya que el mundo dejé para bien mío;
aquí pienso seguirte,
sin que jamás humano desvarío,
por más que abra la puerta
el mundo a sus engaños, me divierta.   70
Quiero, Señor divino,
pediros de rodillas humilmente,
que en aqueste camino
siempre me conservéis piadosamente.
Ved que el hombre se hizo   75
de barro vil, de barro quebradizo.
(Entra en una de las grutas)

ESCENA II

(PEDRISCO, *solo*)

PEDRISCO
(Trayendo un haz de hierba)

Como si fuera borrico,
vengo de yerba cargado,
de quien el monte está rico;
si esto como, ¡desdichado!,   80
triste fin me pronostico.
¡Que he de comer yerba yo,
manjar que el cielo crió
para brutos animales!
Déme el cielo en tantos males   85
paciencia. Cuando me echó
mi madre al mundo, decía:

«Mis ojos santo te vean,
Pedrisco del alma mía.»
Si esto las madres desean,   90
una suegra y una tía
¿qué desearán? Que aunque el ser
santo un hombre es gran ventura,
es desdicha el no comer.
Perdonad esta locura   95
y este loco proceder,
mi Dios; y pues conocida
ya mi condición tenéis,
no os enojéis porque os pida
que la hambre me quitéis,   100
o no sea santo en mi vida.
Y si puede ser, Señor,
pues que vuestro inmenso amor
todo lo imposible doma,
que sea santo y que coma,   105
mi Dios, mejor que mejor.
De mi tierra me sacó
Paulo, diez años habrá,
y a aqueste monte aportó[1];
él en una cueva está,   110
y en otra cueva estoy yo.
Aquí penitencia hacemos
y sólo yerbas comemos,
y a veces nos acordamos
de lo mucho que dejamos   115
por lo poco que tenemos.
Aquí, al sonoro raudal
de un despeñado cristal,
digo a estos olmos sombríos:
«¿Dónde estáis, jamones míos,   120
que no os doléis de mi mal?»
Cuando yo solía cursar
la ciudad, y no las peñas

---

[1] P, H, R, apartó.

(¡memorias me hacen llorar!),
de las hambres más pequeñas   125
gran pesar solíais tomar.
Erais, jamones, leales:
bien os puedo así llamar,
pues merecéis nombres tales,
aunque ya de las mortales   130
no tengáis ningún pesar.
Mas ya está todo perdido;
yerbas comeré afligido,
aunque llegue a presumir
que algún mayo he de parir   135
por las flores que he comido.
Mas Paulo sale de la cueva oscura;
entrar quiero en la mía tenebrosa
y comerlas allí.

                                          (*Vase*)

ESCENA III

(Paulo, *solo*)

Paulo
¡Qué desventura!
¡Y qué desgracia cierta, lastimosa!   140
El sueño me venció, viva figura
(por lo menos imagen temerosa)
de la muerte cruel; y al fin, rendido,
la devota oración puse en olvido.
Siguióse luego al sueño otro, de suerte   145
sin duda, que a mi Dios tengo enojado,
si no es que acaso el enemigo fuerte
haya aquesta ilusión representado.
Siguióse al fin, ¡ay Dios!, el ver la muerte.
¡Qué espantosa figura! ¡Ay desdichado!   150
Si el verla en sueños causa tal quimera,
el que vivo la ve, ¿qué es lo que espera?
Tiróme el golpe con el brazo diestro;
no cortó la guadaña; el arco toma:

la flecha en el derecho, en el siniestro   155
el arco miro que altiveces doma;
tiróme al corazón; yo, que me muestro
al golpe herido, porque al cuerpo coma
la madre tierra como a su despojo,
desencarcelo el alma, el cuerpo arrojo.   160
Salió el alma en un vuelo, en un instante
vi de Dios la presencia. ¡Quién pudiera
no verle entonces! ¡Qué cruel semblante!
Resplandeciente espada y justiciera
en la derecha mano, y arrogante   165
(como ya por derecho suyo era),
el fiscal de las almas miré a un lado,
que aun con ser vitorioso estaba airado.
Leyó mis culpas, y mi guarda santa[2]
leyó mis buenas obras, y el Justicia[3]   170
mayor del Cielo, que es aquel que espanta
de la infernal morada la malicia,
las puso en dos balanzas; mas levanta
el peso de mi culpa y mi injusticia
mis obras buenas tanto, que el Juez santo[4]   175
me condena a los reinos del espanto.
Con aquella fatiga y aquel miedo
desperté, aunque temblando; y no vi nada
si no es mi culpa, y tan confuso quedo,
que si no es a mi suerte desdichada,   180
o traza del contrario[5], ardid o enredo,
que vibra contra mí su ardiente espada,
no sé a qué lo atribuya. Vos, Dios santo,
me declarad la causa deste espanto.
¿Heme de condenar, mi Dios divino,   185

---

[2] «Fiscal de las almas»; el diablo; del griego *diaβolos* 'acusador'.
El ángel de la guarda o ángel custodio que, según piadosa tradición católica, nos acompaña a todos los hombres.

[3] El arcángel San Miguel, que capitaneó a los ángeles buenos frente a los malos. Se le representa con una balanza, cfr. Milton, *Paradise Lost*, I, vi.

[4] Jesucristo.

[5] El demonio.

como este sueño dice, o he de verme
en el sagrado alcázar cristalino?
Aqueste bien, Señor, habéis de hacerme.
¿Qué fin he de tener, pues un camino
sigo tan bueno? No queráis tenerme   190
en esta confusión, Señor eterno.
¿He de ir a vuestro Cielo o al infierno?
Treinta años de edad tengo, Señor mío,
y los diez he gastado en el desierto,
y si viviera un siglo, un siglo fío   195
que lo mismo ha de ser: esto os advierto.
Si esto cumplo, Señor, con fuerza y brío,
¿qué fin he de tener? Lágrimas vierto.
Respondedme, Señor: Señor eterno,
¿he de ir a vuestro Cielo o al infierno?   200

ESCENA IV

(El DEMONIO, *que aparece en lo alto de una peña,*
y PAULO)

DEMONIO

(Invisible para PAULO)

Diez años ha que persigo
a este monje en el desierto,
recordándole memorias
y pasados pensamientos;
y siempre le he hallado firme,   205
como un gran peñasco opuesto.
Hoy duda en su fe, que es duda[6]
de la fe lo que hoy ha hecho,
porque es la fe en el cristiano
que sirviendo a Dios y haciendo   210
buenas obras, ha de ir

---

[6] En estos versos Tirso intima a todos a vivir según manda el
Evangelio, al margen de las cuestiones de predestinación o revelaciones personales. Cfr. vs. 225-228.

a gozar dél en muriendo.
Éste, aunque ha sido tan santo,
duda de la fe, pues vemos
que quiere del mismo Dios,   215
estando en duda, saberlo.
En la soberbia también
ha pecado: caso es cierto.
Nadie como yo lo sabe[7]
pues por soberbio padezco.   220
Y con la desconfianza
le ha ofendido, pues es cierto
que desconfía de Dios
el que a su fe no da crédito.
Un sueño la causa ha sido,   225
y el anteponer un sueño
a la fe de Dios, ¿quién duda
que es pecado manifiesto?
Y así me ha dado licencia
el Juez más supremo y recto   230
para que con mis engaños
le incite agora de nuevo.
Sepa resistir valiente
los combates que le ofrezco,
pues supo desconfiar   235
y ser como yo, soberbio.
Su mal ha de restaurar
de la pregunta que ha hecho
a Dios, pues a su pregunta
mi nuevo engaño prevengo.   240
De ángel tomaré la forma
y responderé a su intento
cosas que le han de costar
su condenación, si puedo.

(Déjase ver en figura de ángel)

---

[7] El pecado por el cual el demonio perdió el cielo, fue la soberbia.

PAULO

¡Dios mío, aquesto os suplico!   245
¿Salvaréme, Dios inmenso?
¿Iré a gozar vuestra gloria?
Que me respondáis espero.

DEMONIO

Dios, Paulo, te ha escuchado
y tus lágrimas ha visto.   250

PAULO

(Aparte)

¡Qué mal el temor resisto!
Ciego en mirarlo he quedado.

DEMONIO

Me ha mandado que te saque
desa ciega confusión,
porque esa vana ilusión [8]   255
de tu contrario se aplaque.
Ve a Nápoles, y a la puerta
que llaman allá del Mar,
que es por donde tú has de entrar
a ver tu ventura cierta   260
o tu desdicha, verás
cerca de ella (estáme atento)
un hombre...

PAULO

    ¡Qué gran contento
con tus razones me das!

DEMONIO

...que Enrico tiene por nombre,   265
hijo del noble Anareto.

---

[8] Alude al sueño que le ha producido la confusión. *Contrario*,
el demonio'.

Conocerásle, en efeto,
por señas: que es gentilhombre,
alto de cuerpo y gallardo.
No quiero decirte más,   270
porque apenas llegarás
cuando le veas.

PAULO

Aguardo
lo que le he de preguntar
cuando le llegare a ver.

DEMONIO

Sólo una cosa has de hacer.   275

PAULO

¿Qué he de hacer?

DEMONIO

Verle y callar,
contemplando sus acciones,
sus obras y sus palabras.

PAULO

En mi pecho ciego labras
quimeras y confusiones.   280
¿Sólo eso tengo de hacer?

DEMONIO

Dios que en él repares quiere,
porque el fin que aquél tuviere,
ese fin has de tener.

(Desaparece)

PAULO

¡Oh misterio soberano!   285
¿Quién este Enrico será?

Por verle me muero ya.
¡Qué contento estoy, qué ufano!
Algún divino varón
debe de ser, ¿quién lo duda?   290

ESCENA V

(PEDRISCO y PAULO)

PEDRISCO

(Aparte)

Siempre la fortuna ayuda
al más flaco[9] corazón.
Lindamente he manducado;
satisfecho quedo ya.

PAULO

Pedrisco.

PEDRISCO

        A esos pies está   295
mi boca.

PAULO

        A tiempo ha[10] llegado.
Los dos habemos de hacer
una jornada al momento.

---

9 P dice *flaco;* así H y R. S *fuerte* como traducción del adagio
latino *audaces fortuna juvat.* Mantenemos *flaco* porque precisamente la sustitución de fuerte por flaco, es lo que produce el momento
de humor, que sin duda pretendió Tirso. Cfr. H. Bergson, *Le rire,*
en *Oeuvres,* París, 1959, pág. 457.

10 R, S: «has»; P, H, «ha». En toda la primera jornada Paulo
y Enrico se tratan con la fórmula de respeto hasta v. 994 cuando
Paulo decide hacerse bandolero.

Brinco y salto de contento.
Mas ¿dónde, Paulo[11], ha de ser?　　　　　300

PAULO

A Nápoles.

PEDRISCO

　　　　¿Qué me dice?
Y ¿a qué, padre?

PAULO

　　　　En el camino
sabrá un paso peregrino.
¡Plegue a Dios que sea felice!

PEDRISCO

¿Si seremos conocidos　　　　　305
de los amigos de allá?

PAULO

Nadie nos conocerá;
que vamos desconocidos
en el traje y en la edad.

PEDRISCO

Diez años ha que faltamos.　　　　　310
Seguros pienso que vamos;
que es tal la seguridad[11 bis]
deste tiempo, que en un hora
se desconoce el amigo.

---

[11] Probablemente, Padre, fórmula de respeto; no Paulo.
[11 bis] S: Que es tan poca la amistad.

Vamos.

PEDRISCO

Vaya Dios conmigo.   315

PAULO

De contento el alma llora.
A obedeceros me aplico,
mi Dios; nada me desmaya,
pues Vos me mandáis que vaya
a ver al dichoso Enrico.   320
¡Gran santo debe de ser!
Lleno de contento estoy.

PEDRISCO

Y yo, pues contigo voy.

                              (Vase)

No puedo dejar de ver,
pues que mi bien es tan cierto   325
con tan alta maravilla,
el bodegón de Juanilla
y la taberna del Tuerto.

                              (Vanse)

ESCENA VI

(El DEMONIO, solo)

DEMONIO

Bien mi engaño va trazado.
Hoy verá el desconfiado   330
de Dios y de su poder

                                      65

el fin que viene a tener,
pues él propio lo ha buscado[12].

(Vase)

*(Patio y galería abierta de la casa de Celia,
en Nápoles)*

ESCENA VII

(OCTAVIO y LISANDRO, *en el atrio*)

LISANDRO

La fama desta mujer
sólo, a verla me ha traído.   335

OCTAVIO

¿De qué es la fama?

LISANDRO

            La fama
que della, Octavio, he tenido,
es de que es la más discreta
mujer que en aqueste siglo
ha visto el napolitano   340
reino.

OCTAVIO

       Verdad os han dicho;
pero aquesa discreción
es el cebo de sus vicios:
con ésa engaña a los necios,
con ésa estafa a los lindos.   345
Con una octava o soneto,

---

[12] Tirso acentúa la culpa de Paulo al margen de toda predestinación.

que con picaresco estilo
suele hacer de cuando en cuando,
trae a mil hombres perdidos;
y por parecer discretos,   350
alaban el artificio,
el lenguaje y los concetos.

LISANDRO

Notables cosas me han dicho
desta mujer.

OCTAVIO

Está bien.
¿No os dijo el que aqueso os dijo,   355
que es desta mujer la casa
un depósito de vivos,
y que nunca está cerrada
al napolitano rico,
ni al alemán, ni al inglés,   360
ni al húngaro, armenio o indio,
ni aun al español tampoco,
con ser tan aborrecido
en Nápoles?

LISANDRO

¿Eso pasa?

OCTAVIO

La verdad es lo que digo,   365
como es verdad que venís
della enamorado.

LISANDRO

Afirmo
que me enamoró su fama.

OCTAVIO

Pues más hay.

LISANDRO

Sois fiel amigo.

OCTAVIO

Que tiene cierto mancebo   370
por galán, que no ha nacido
hombre tan mal inclinado
en Nápoles.

LISANDRO

Será Enrico,
hijo de Anareto el viejo,
que pienso que ha cuatro o cinco   375
años que está en una cama
el pobre viejo, tullido.

OCTAVIO

El mismo.

LISANDRO

Noticia tengo
dese mancebo.

OCTAVIO

Os afirmo,
Lisandro, que es el peor hombre   380
que en Nápoles ha nacido.
Aquesta mujer le da
cuanto puede: y cuando el vicio
del juego suele apretalle,

se viene a su casa él mismo, 385
y le quita a bofetadas
las cadenas, los anillos...

LISANDRO

¡Pobre mujer!

OCTAVIO

También ella
suele hacer sus ciertos tiros,
quitando la hacienda a muchos 390
que son en su amor novicios,
con esta falsa poesía.

LISANDRO

Pues ya que estoy advertido
de amigo tan buen maestro,
allí veréis si yo os sirvo. 395

OCTAVIO

Yo entraré con vos también;
mas ojo al dinero, amigo.

LISANDRO

¿Con qué invención entraremos? 12 bis

OCTAVIO

Diréisle que habéis sabido
que hace versos elegantes, 400
y que a precio de un anillo
unos versos os escriba
a una dama.

LISANDRO

¡Buen arbitrio!

---

12 bis P, H, R, Con invención entraremos, más lógico S

OCTAVIO

Y yo, pues entro con vos,
le diré también lo mismo.   405
Esta es la casa.

LISANDRO

Y aun pienso
que está en el patio.

OCTAVIO

Si Enrico
nos coge dentro, por Dios,
que recelo algún peligro.

LISANDRO

¿No es un hombre solo?

OCTAVIO

Sí.   410

LISANDRO

Ni le temo, ni le estimo.

ESCENA VIII

(CELIA, LIDORA, OCTAVIO y LISANDRO. CELIA *sale leyendo un papel*. LIDORA *saca recado de escribir y lo pone en una mesa. Ambas se adelantan hacia el proscenio.* OCTAVIO y LISANDRO *permanecen en el fondo*)

CELIA

Bien escrito está el papel.

LIDORA

Es discreto Severino.

70

CELIA

Pues no se le echa de ver
notablemente.

LIDORA

¿No has dicho   415
que escribe bien?

CELIA

Sí, por cierto.
La letra es buena; esto digo.

LIDORA

Ya entiendo. La mano y pluma
son de maestro de niños...[13]

CELIA

Las razones, de ignorante.   420

OCTAVIO

Llega, Lisandro, atrevido.

LISANDRO

Hermosa es, por vida mía.
Muy pocas veces se ha visto
belleza y entendimiento
tanto en un sujeto mismo.   425

LIDORA

Dos caballeros, si ya
se juzgan por el vestido,
han entrado.

---

[13] VS. 414-419 suplidos por H. P, defectuosa, S no los contiene.

CELIA

¿Qué querrán?

LIDORA

Lo ordinario.

OCTAVIO

(A LISANDRO)
Ya te ha visto.

CELIA

¿Qué mandan vuesas mercedes?   430

LISANDRO

Hemos llegado atrevidos
porque en casas de poetas
y de señores no ha sido
vedada la entrada a nadie.

LIDORA

(Aparte)
Gran sufrimiento ha tenido,   435
pues la llamaron poeta
y ha callado.

LISANDRO

                        Yo he sabido
que sois discreta en extremo,
y que de Homero y de Ovidio
excedéis la misma fama;   440
y así yo y aqueste amigo,
que vuestro ingenio me alaba,
en competencia venimos
de que para cierta dama,

que mi amor puso en olvido   445
y se casó a su disgusto,
le hagáis algo; que yo afirmo
en premio a vuestra hermosura,
si es, señora, premio digno,
el daros mi corazón [14].   450

LIDORA

(Aparte, a CELIA)

Por Belerma te ha tenido [15].

OCTAVIO

Yo vine también, señora
(pues vuestro ingenio divino
obliga a los que se precian
de discretos), a lo mismo.   455

CELIA

¿Sobre quién tiene de ser?

LISANDRO

Una mujer que me quiso
cuando tuvo qué quitarme,
y ya que pobre me ha visto,
se recogió a buen vivir.   460

LIDORA

(Aparte)

Muy como discreta hizo.

---

[14] P, S, H, R,: *el premio a vuestra hermosura,*
sí es, señora, premio digno
el daros mi corazón.
[15] Montesinos lleva a Belerma, esposa de Durandarte, el corazón de su marido muerto.

CELIA

A buen tiempo habéis llegado;
que a un papel que me han escrito
quería responder agora;
y pues decís que de Ovidio   465
excedo la antigua fama,
haré agora más que él hizo.
A un tiempo se han de escribir
vuestros papeles y el mío.

(A LIDORA*)*

Da a todos tinta y papel.   470

LISANDRO

¡Bravo ingenio!

OCTAVIO

Peregrino.

LIDORA

Aquí están tinta y papel.

CELIA

Escribid, pues.

(Siéntanse a una mesa CELIA,
LISANDRO *y* OCTAVIO*)*

LISANDRO

Ya escribimos.

CELIA

Tú dices que a una mujer
que se casó...

LISANDRO

Aqueso digo.   475

CELIA

Y tú, a la que te dejó
después que no fuiste rico.

OCTAVIO

Así es verdad.

CELIA

Y yo aquí
le respondo a Severino.
(Dicta CELIA, *al mismo tiempo que escribe,*
a LISANDRO *y a* OCTAVIO)

ESCENA IX

(ENRICO *y* GALVÁN, *ambos con espada y broquel;*
OCTAVIO, LISANDRO, CELIA, LIDORA)

ENRICO

¿Qué se busca en esta casa,   480
hidalgos?

LISANDRO

Nada buscamos;
estaba abierta, y entramos.

ENRICO

¿Conocéisme?

LISANDRO

Aquesto pasa.

ENRICO

Pues váyanse noramala;
que, ¡voto a Dios!, si me enojo...   485
No me hagas, Celia, del ojo.

OCTAVIO

(Aparte)
¿Qué locura a aquésta iguala?

ENRICO

Que los arroje en el mar,
aunque está lejos de aquí.

CELIA

(Bajo, a ENRICO*)*
Mi bien, por amor de mí.   490

ENRICO

¿Tú te atreves a llegar?
Apártate, ¡voto a Dios,
que te dé una bofetada!

OCTAVIO

Si el estar aquí os enfada,
ya nos iremos los dos,   495

LISANDRO

¿Sois pariente o sois hermano
de aquesta señora?

ENRICO

Soy

el diablo.

GALVÁN

Ya yo estoy
con la hojarasca en la mano.

(A ENRICO)

Sacúdelos.

OCTAVIO

Deteneos.   500

CELIA

Mi bien, por amor de Dios.

OCTAVIO

Aquí venimos los dos,
no con lascivos deseos,
sino a que nos escribiese
unos papeles...

ENRICO

Pues ellos[16],   505
que se precian de tan bellos,
¿no saben escribir?

OCTAVIO

Cese

vuestro enojo.

ENRICO

¿Qué es cesar?
¿Qué es de lo escrito?

OCTAVIO

(Dándole los papeles)
Esto es.

---

[16] Ellos con valor de segunda persona, como actual 'ustedes'.

ENRICO

(Rasgándolos)

Vuelvan por ellos después,   510
porque agora no hay lugar.

CELIA

¿Los rompiste?

ENRICO

Claro está.
Y si me enojo...

CELIA

(Bajo, a ENRICO*)*
¡Mi bien!

ENRICO

Haré lo mismo también
de sus caras.

LISANDRO

Basta ya.   515

ENRICO

Mi gusto tengo de hacer
en todo cuanto quisiere;
y si voarcé lo quiere,
seor hidalgo, defender [17],
cuéntese sin piernas ya,   520

---

[17] *defender*, 'impedir'.

porque yo nunca temí
hombres como ellos.

LISANDRO

        ¡Qué ansí
nos trate un hombre!

OCTAVIO

Callá.

ENRICO

Ellos se precian de hombres,
siendo de mujer las almas;   525
si pretenden llevar palmas
y ganar honrosos nombres,
defiéndanse desta espada.
     (ENRICO y GALVÁN *acuchillan a* LISANDRO
     y OCTAVIO)

CELIA

¡Mi bien!

ENRICO

Aparta.

CELIA

Detente.

ENRICO

Nadie detenerme intente.   530

CELIA

¡Qué es aquesto! ¡Ay desdichada!
     (OCTAVIO y LISANDRO *huyen*)

ESCENA X

(Celia, Enrico, Lidora y Galván)

Lidora

Huyendo van que es belleza.

Galván

¡Qué cuchillada le di!

Enrico

Viles gallinas, ¿ansí
afrentáis vuestra destreza?   535

Celia

Mi bien, ¿qué has hecho?

Enrico

                            ¡Nonada!
¡Gallardamente le di!
A aquel más alto le abrí
un jeme de cuchillada[18].

Lidora

(A Celia)
¡Bien el que entra a verte gana!   540

Galván

Una puntá le tiré
a aquel más bajo, y le eché
fuera una arroba de lana.
¡Terrible peto traía!

---

[18] un jeme de cuchillada, distancia del extremo del dedo pulgar
al extremo del dedo índice extendidos.

ENRICO

¿Siempre, Celia, me has de dar   545
disgusto?

CELIA

    Basta el pesar;
sosiega, por vida mía.

ENRICO

¿No te he dicho que no gusto
que entren estos marquesotes
todos guedeja y bigotes,   550
a donde me dan disgusto?
¿Qué provecho tienes dellos?
¿Qué te ofrecen, qué te dan
estos que contino están
rizándose los cabellos?   555
De pena, de roble o risco
es al dar su condición:
su bolsa hizo profesión
en la orden de San Francisco.
Pues ¿para qué los admites?   560
¿Para qué les das entrada?
¿No te tengo yo avisada?
Tú harás algo que me incites
a cólera.

CELIA

    Bueno está.

ENRICO

Apártate.

CELIA

    Oye, mi bien: 565
porque sepas que hay también

alguno en éstos que da,
aqueste anillo y cadena
me dieron éstos.

ENRICO

¿A ver?
La cadena he menester,   570
que me parece muy buena.

CELIA

¿La cadena?

ENRICO

Y el anillo
también me hace falta agora.

LIDORA

Déjale algo a mi señora.

ENRICO

Ella ¿no sabrá pedillo?   575
¿Para qué lo pides tú?

GALVÁN

Ésta por hablar se muere.

LIDORA

(Aparte)

¡Mal haya quien bien os quiere,
rufianes de Bercebú!

CELIA

Todo es tuyo, vida mía;   580
y pues yo tan tuya soy,
escúchame.

ENRICO

Atento estoy

CELIA

Sólo pedirte querría
que nos lleves esta tarde
a la Puerta de la Mar.   585

ENRICO

El manto puedes tomar.

CELIA

Yo haré que allá nos aguarde
la merienda.

ENRICO

Oyes, Galván,
ve a avisar luego al instante
a nuestro amigo Escalante,   590
a Cherinos y Roldán,
que voy con Celia.

GALVÁN

Sí haré.

ENRICO

Di que a la Puerta del Mar
nos vayan luego a esperar
con sus mozas.

LIDORA

¡Bien, a fe!   595

GALVÁN

Ello habrá lindo bureo.
¿Mas qué ha de haber cuchilladas?

CELIA

¿Quieres que vamos tapadas?

ENRICO

No es eso lo que deseo.
Descubiertas habéis de ir,   600
porque quiero en este día
que sepan que tú eres mía.

CELIA

Como te podré servir,
vamos.

>   (ENRICO y GALVÁN *se van retirando, y ha-*
>   *blan aparte al salir*)

LIDORA

(A CELIA*)*

Tú eres inocente:
¿Todas las joyas le has dado?   605

CELIA

Todo está bien empleado
en hombre que es tan valiente.

GALVÁN

¿Mas que no te acuerdas ya
que te dijeron ayer
que una muerte habías de hacer?   610

ENRICO

Cobrada y gastada está
ya la mitad del dinero.

GALVÁN

Pues ¿para qué vas al mar?

ENRICO

Después se podrá trazar,
que agora, Galván, no quiero.   615
Anillo y cadena tengo,
que me dio la tal señora;
dineros sobran agora.

GALVÁN

Ya tus intentos prevengo [19].

ENRICO

Viva alegre el desdichado,   620
libre de cuidado y pena;
que en gastando la cadena,
le daremos su recado.

(Vase)

(Vista de Nápoles por la Puerta del Mar)

ESCENA XI

(PAULO *y* PEDRISCO *y, al fin*, ENRICO, CELIA,
ROLDÁN *y* CHERINOS)

PEDRISCO

Maravillado estoy de tal suceso.

---

[19] Ya comprendo tus intenciones.

PAULO

Secretos son de Dios.

PEDRISCO

¿De modo, padre,   625
que el fin que ha de tener aqueste Enrico,
ha de tener también?

PAULO

Faltar no puede[20]
la palabra de Dios: el ángel suyo
me dijo que si Enrico se condena,
yo me he de condenar; y si él se salva,   630
también me he de salvar.

PEDRISCO

Sin duda, padre,
que es un santo varón aqueste Enrico.

PAULO

Eso mismo imagino.

PEDRISCO

Esta es la puerta
que llaman de la Mar.

PAULO

Aquí me manda
el ángel que le aguarde.

---

[20] Paulo debiera recordar que la palabra infalible de Dios es el
Evangelio, y no los sueños y revelaciones personales. Cfr. San Juan
de la Cruz, *op. cit.*, pág. 452.

PEDRISCO

Aquí vivía   635
un tabernero gordo, padre mío,
adonde yo acudía muchas veces,
y más allá, si acaso se le acuerda,
vivía aquella moza rubia y alta,
que archero de la guardia parecía,   640
a quien él requebraba[21].

PAULO

¡Oh vil contrario!
Livianos pensamientos me fatigan.
¡Oh cuerpo flaco! Hermano, escuche.

PEDRISCO

Escucho.

PAULO

El contrario me tiene con memoria
de los pasados gustos...

(Échase en el suelo)

PEDRISCO

Pues ¿qué hace?   645

PAULO

En el suelo me arrojo desta suerte,
para que en él me pise; llegue, hermano,
píseme muchas veces.

---

[21] Paulo requebraba. Así cobran sentido vs. 203-204 y 644-645;
contra esos recuerdos busca la mortificación.

PEDRISCO

En buen hora
que soy muy obediente, padre mío.

(Písale)

¿Písole bien?

PAULO

Sí, hermano.

PEDRISCO

¿No le duele?   650

PAULO

Pise, y no tenga pena.

PEDRISCO

¡Pena, padre!
¿Por qué razón he yo de tener pena?
Piso y repiso, padre de mi vida;
mas temo no reviente, padre mío.

PAULO

Píseme, hermano.

ROLDÁN

(Dentro)
Deteneos, Enrico.   655

ENRICO

(Dentro)
Al mar he de arrojalle, vive el cielo.

PAULO

A Enrico oí nombrar.

ENRICO

(Dentro)
          ¿Gente mendiga
ha de haber en el mundo?

CHERINOS

(Dentro)
          Deteneos.

ENRICO

(Dentro)
Podrásme detener en arrojándole.

CELIA

(Dentro)
¿Adónde vas? Detente.

ENRICO

(Dentro)
          No hay remedio: 660
harta merced le hago, pues le saco
de tan grande miseria.

ROLDÁN

(Dentro)
¿Qué habéis hecho?

ESCENA XII

(ENRICO, CELIA, LIDORA, GALVÁN, ROLDÁN, ESCA-
LANTE, CHERINOS, PAULO y PEDRISCO. *El ermitaño
y* PEDRISCO *se retiran a un lado y observan; los demás
personajes ocupan el medio del teatro*)

ENRICO

Llegó a pedirme un pobre una limosna,
dolióme el verle con tan gran miseria;
y porque no llegase a avergonzarse   665
a otro desde hoy, cogíle en brazos,
y le arrojé en el mar.

PAULO

¡Delito inmenso!

ENRICO

Ya no será más pobre, según pienso.

PEDRISCO

¡Algún diablo limosna te pidiera!

CELIA

¿Siempre has de ser cruel?

ENRICO

                    No me repliques;   670
que haré contigo y los demás lo mismo.

ESCALANTE

Dejemos eso agora, por tu vida.
Sentémonos los dos, Enrico amigo.

PAULO

(*A* PEDRISCO)

A éste han llamado Enrico.

PEDRISCO

                    Será otro.
¿Querías tú que fuese este mal hombre,   675
que en vida está ya ardiendo en los infiernos?
Aguardemos a ver en lo que para.

ENRICO

Pues siéntense voarcedes, porque quiero
haya conversación.

ESCALANTE

                    Muy bien ha dicho.

ENRICO

Siéntese Celia aquí.

CELIA

                    Ya estoy sentada.   680

ESCALANTE

Tú conmigo, Lidora.

LIDORA

Lo mismo digo yo, seor Escalante.

CHERINOS

Siéntese aquí Roldán.

ROLDÁN

Ya voy, Cherinos.

PEDRISCO

¡Mire qué buenas almas, padre mío!
Lléguese más, verá de lo que tratan   685

PAULO

¡Qué no viene mi Enrico!

PEDRISCO

                    Mire y calle;
que somos pobres, y este desalmado,
no nos eche en la mar.

ENRICO

                    Agora quiero
que cuente cada uno de vuarcedes
las hazañas que ha hecho en esta vida,   690
quiero decir... hazañas... latrocinios,
cuchilladas, heridas, robos, muertes,
salteamientos y cosas deste modo.

ESCALANTE

Muy bien ha dicho Enrico.

ENRICO

                    Y al que hubiere
hecho mayores males, al momento   695
una corona de laurel le pongan,
cantándole alabanzas y motetes[22].

_____

[22] *motetes*, canto religioso que se introduce en la misa, al margen
de los cantos exigidos por la liturgia.

92

ESCALANTE

Soy contento.

ENRICO

Comience, seor Escalante.

PAULO

¡Qué esto sufra el Señor!

PEDRISCO

Nada le espante.

ESCALANTE

Yo digo ansí.

PEDRISCO

¡Qué alegre y satisfecho!   700

ESCALANTE

Veinticinco pobretes tengo muertos,
seis casas he escalado, y treinta heridas
he dado con la chica 23.

PEDRISCO

¡Quién te viera
hacer en una horca cabriolas!

ENRICO

Diga Cherinos.

---

23 *daga*.

PEDRISCO

¡Qué ruin nombre tiene! 705
¡Cherinos! Cosa poca.

CHERINOS

Yo comienzo.
No he muerto a ningún hombre; pero he dado
más de cien puñaladas.

ENRICO

¿Y ninguna
fue mortal?

CHERINOS

Amparóles la fortuna.
De capas que he quitado en esta vida 710
y he vendido a un ropero, está ya rico.

ENRICO

¿Véndelas él?

CHERINOS

¿Pues no?

ENRICO

¿No las conocen?

CHERINOS

Por quitarse de aquesas ocasiones,
las convierte en ropillas y calzones.

ENRICO

¿Habéis hecho otra cosa?

CHERINOS

No me acuerdo.   715

PEDRISCO

¿Mas que le absuelve ahora el ladronazo?

CELIA

Y tú, ¿qué has hecho, Enrico?

ENRICO

Oigan voarcedes.

ESCALANTE

Nadie cuente mentiras.

ENRICO

Yo soy hombre
que en mi vida las dije.

GALVÁN

Tal se entiende.

PEDRISCO

¿No escucha, padre mío, estas razones?   720

PAULO

Estoy mirando a ver si viene Enrico.

ENRICO

Haya, pues, atención.

Nadie te impide.

¡Miren a qué sermón atención pide!

Yo nací mal inclinado,
como se ve en los efetos   735 *(725)*
del discurso de mi vida
que referiros pretendo.
Con regalos me crié
en Nápoles; que ya pienso
que conocéis a mi padre,   730
que aunque no fue caballero
ni de sangre generosa,
era muy rico; y yo entiendo
que es la mayor calidad
el tener, en este tiempo.   735
Criéme, al fin, como digo[24],
entre regalos, haciendo
travesuras cuando niño,
locuras cuando mancebo.
Hurtaba a mi viejo padre,   740
arcas y cofres abriendo,
los vestidos que tenía,
las joyas y los dineros.
Jugaba: y digo jugaba,
para que sepáis con esto   745
que de cuantos vicios hay,
es el primer padre el juego.
Quedé pobre y sin hacienda;
y como enseñado a hacerlo,
di en robar de casa en casa   750
cosas de pequeño precio;

---

[24] P, H, R, *crióme;* S, *criéme.*

iba a jugar y perdía;
mis vicios iban creciendo.
Di luego en acompañarme
con otros del arte mesmo;
escalamos siete casas,   755
dimos la muerte a sus dueños:
lo robado repartimos
para dar caudal al juego.
De cinco que éramos todos,
sólo los cuatro prendieron,   760
y nadie me descubrió,
aunque les dieron tormento.
Pagaron en una plaza
su delito, y yo con esto,
de escarmentado, acogíme   765
a hacer a solas mis hechos.
Íbame todas las noches
solo a la casa del juego,
donde a su puerta aguardaba   770
a que saliesen de adentro.
Pedía con cortesía
el barato, y cuando ellos
iban a sacar qué darme,
sacaba yo el fuerte acero,   775
que riguroso escondía
en sus inocentes pechos,
y por fuerza me llevaba
lo que ganando perdieron.
Quitaba de noche capas;   780
tenía diversos hierros
para abrir cualquiera puerta,
y hacerme capaz[25] del dueño.
Las mujeres estafaba;
y no dándome dinero,   785
visitaba mi navaja
su rostro luego al momento.

---

[25] Apoderarme del dueño.

Aquestas cosas hacía
el tiempo que fui mancebo;
pero escuchadme y sabréis,   790
siendo hombre, las que he hecho.
A treinta desventurados
yo solo y aqueste acero,
que es de la muerte ministro,
del mundo sacado habemos: 795
los diez, muertos por mi gusto,
y los veinte me salieron,
uno con otro, a doblón.
Diréis que es pequeño precio:
es verdad; mas voto a Dios,   800
que en faltándome el dinero,
que mate por un doblón
a cuantos me están oyendo.
Seis doncellas he forzado:
¡Dichoso llamarme puedo,   805
pues seis he podido hallar
en este infelice tiempo!
De una principal casada
me aficioné; y en secreto [26]
habiendo entrado en su casa   810
a ejecutar mi deseo,
dio voces, vino el marido;
y yo, enojado y resuelto,
llegué con él a los brazos;
y tanto en ellos le aprieto,   815
que perdió tierra; y apenas
en este punto le veo,
cuando de un balcón le arrojo,
y en el suelo cayó muerto.
Dio voces la tal señora;   820
y yo sacando el acero,
le metí cinco o seis veces
en el cristal de su pecho,

---

[26] S: y no queriendo... executar mi deseo.

98

donde puertas de rubíes
en campos de cristal bellos   825
le dieron salida al alma
para que se fuese huyendo.
Por hacer mal solamente,
he jurado juramentos
falsos, fingido quimeras,   830
hecho máquinas y enredos;
y un sacerdote que quiso
reprenderme con buen celo,
de un bofetón que le di,
cayó en tierra medio muerto.   835
Porque supe que encerrado
en casa de un pobre viejo
estaba un contrario mío,
a la casa puse fuego;
y sin poder remediallo,   840
todos se quemaron dentro,
y hasta dos niños hermanos
ceniza quedaron hechos.
No digo jamás palabra
si no es con un juramento,   845
con un pese o un por vida,
porque sé que ofendo al cielo.
En mi vida misa oí,
ni estando en peligros ciertos
de morir me he confesado,   850
ni invocado a Dios eterno.
No he dado limosna nunca,
aunque tuviese dineros;
antes persigo a los pobres,
como habéis visto el ejemplo.   855
No respeto a religiosos:
de sus iglesias y templos
seis cálices he robado
y diversos ornamentos
que sus altares adornan.   860
Ni a la justicia respeto:

mil veces me he resistido
y a sus ministros he muerto;
tanto que para prenderme
no tienen ya atrevimiento.   865
Y finalmente, yo estoy
preso por los ojos bellos
de Celia, que está presente:
todos la tienen respeto
por mí que la adoro; y cuando   870
sé que la sobran dineros,
con lo que me da, aunque poco,
mi viejo padre sustento,
que ya le conoceréis
por el nombre de Anareto.   875
Cinco años ha que tullido
en una cama le tengo,
y tengo piedad con él
por estar pobre el buen viejo,
y porque soy causa al fin   880
de ponelle en tal extremo,
por jugarle yo su hacienda
el tiempo que fui mancebo.
Todo es verdad lo que he dicho,
voto a Dios, y que no miento.   885
Juzgad ahora vosotros
cuál merece mayor premio.

                      PEDRISCO

Cierto, padre de mi vida,
que son servicios tan buenos,
que puede ir a pretender   890
éste a la corte[27].

                      ESCALANTE

                      Confieso.
Que tú el lauro has merecido.

---

[27] ¿Alfilerazo del desterrado de la Corte?

100

ROLDÁN

Y yo confieso lo mesmo.

CHERINOS

Todos lo mesmo decimos.

CELIA

El laurel darte pretendo.   895

ENRICO

Vivas, Celia, muchos años.

CELIA

(Poniendo a ENRICO *una corona de laurel)*
Toma, mi bien; y con esto,
pues que la merienda aguarda,
nos vamos.

GALVÁN

Muy bien has hecho.

CELIA

Digan todos: «Viva Enrico.»   900

TODOS

¡Viva el hijo de Anareto!

ENRICO

Al punto todos nos vamos
a holgarnos y entretenernos.
    (Vanse ENRICO *y los que salieron con él)*

ESCENA XIII

(PAULO y PEDRISCO)

PAULO

Salid, lágrimas, salid,
salid apriesa del pecho,   905
no lo dejéis de vergüenza,
¡Qué lastimoso suceso!

PEDRISCO

¿Qué tiene, padre?

PAULO

    ¡Ay hermano!
Penas y desdichas tengo;
este mal hombre que he visto,   910
es Enrico.

PEDRISCO

   ¿Cómo es eso?

PAULO

Las señas que me dio el ángel
son suyas.

PEDRISCO

   ¿Es eso cierto?

PAULO

Sí, hermano, porque me dijo
que era hijo de Anareto,   915
y aquéste también lo ha dicho.

Pues aquéste ya está ardiendo
en los infiernos.

PAULO

                    ¡Ay triste!
Eso sólo es lo que temo[28].
El ángel de Dios me dijo   920
que si éste se va al infierno,
que al infierno tengo de ir,
y al cielo, si éste va al cielo.
Pues al cielo, hermano mío,
¿cómo ha de ir éste, si vemos   925
tantas maldades en él,
tantos robos manifiestos,
crueldades y latrocinios,
y tan viles pensamientos?

PEDRISCO

En eso ¿quién pone duda?   930
Tan cierto se irá al infierno
como el despensero Judas.

PAULO

¡Gran Señor! ¡Señor eterno!
¿Por qué me habéis castigado
con castigo tan inmenso?   935
Diez años y más, Señor,
ha que vivo en el desierto
comiendo yerbas amargas,
salobres aguas bebiendo,

---

[28] Compárese el egoísmo de Paulo con la entrega total del verdadero cristiano:

      «*Aunque no hubiera cielo yo te amara*
      y aunque no hubiera infierno te temiera.»

sólo porque vos, Señor,   940
Juez piadoso, sabio, recto,
perdonarais mis pecados.
¡Cuán diferente lo veo!
Al infierno tengo de ir.
¡Ya me parece que siento[29]   945
que aquellas voraces llamas
van abrasando mi cuerpo!
¡Ay! ¡Qué rigor!

PEDRISCO

Ten paciencia.

PAULO

¿Qué paciencia o sufrimiento
ha de tener el que sabe   950
que se ha de ir a los infiernos?
¡Al infierno, centro oscuro,
donde ha de ser el tormento
eterno, y ha de durar
lo que Dios durare! ¡Ah cielos!   955
¡Que nunca se ha de acabar!
¡Que siempre han de estar ardiendo
las almas! ¡Siempre! ¡Ay de mí!

PEDRISCO

(Aparte)

Sólo oírle me da miedo.
                                        (Alto)
Padre, volvamos al monte.   960

---

[29] Tirso va mostrando el egoísmo de Paulo con muchos matices.
Paulo no lamenta perder a Dios (pena de daño), sino sus sufri-
mientos (pena de sentido).

PAULO

Que allá volvamos pretendo [30];
pero no a hacer penitencia,
pues que ya no es de provecho.
Dios me dijo que si aquéste
se iba al cielo, me iría al cielo,   965
y al profundo, si al profundo.
Pues es ansí, seguir quiero
su misma vida; perdone
Dios aqueste atrevimiento:
si su fin he de tener,   970
tenga su vida y sus hechos;
que no es bien que yo en el mundo
esté penitencia haciendo,
y que él viva en la ciudad
con gustos y con contentos,   975
y que a la muerte tengamos
un fin.

PEDRISCO

     Es discreto acuerdo.
Bien ha dicho, padre mío.

PAULO

En el monte hay bandoleros:
bandolero quiero ser,   980
porque así igualar pretendo
mi vida con la de Enrico,
pues un mismo fin tendremos.
Tan malo tengo de ser
como él, y peor si puedo;   985
que pues ya los dos estamos
condenados al infierno,
bien es que antes de ir allá,

---

[30] Este pasaje favorece poco a los que consideran «psicólogo»
a Tirso.

en el mundo nos venguemos.
¡Ah Señor! ¿Quién tal pensara?   990

PEDRISCO

Vamos, y déjate deso,
y desos árboles altos
los hábitos ahorquemos.
Vístete galán.

PAULO

               Sí haré;
y yo haré que tengan miedo   995
a un hombre que, siendo justo,
se ha condenado al infierno.
Rayo del mundo he de ser.

PEDRISCO

¿Qué se ha de hacer sin dineros?

PAULO

Yo los quitaré al demonio,   1000
si fuere cierto el traerlos.

PEDRISCO

Vamos, pues.

PAULO

               Señor, perdona
si injustamente me vengo.
Tú me has condenado ya;
tu palabra, es caso cierto   1005
que atrás no puede volver.
Pues si es ansí, tener quiero
en el mundo buena vida,
pues tan triste fin espero.

Los pasos pienso seguir 1010
de Enrico.

PEDRISCO

Ya voy temiendo
que he de ir contigo a las ancas,
cuando vayas al infierno.

JORNADA SEGUNDA

(Sala de la casa de ANARETO. *Una puerta de alcoba en el fondo, con las cortinas echadas)*

ESCENA PRIMERA

(ENRICO *y* GALVÁN)

ENRICO

¡Válgate el diablo, el juego!
¡Qué mal que me has tratado!   1015

GALVÁN

Siempre eres desdichado.

ENRICO

¡Fuego en las manos, fuego!
¿Estáis descomulgadas?

GALVÁN

Echáronte a perder suertes trocadas.

ENRICO

Derechas no las gano;   1020
si las trueco, tampoco.

GALVÁN

Él es un juego loco.

ENRICO

Esta derecha mano
me tiene destruído:
noventa y nueve escudos he perdido.   1025

GALVÁN

Pues ¿para qué estás triste,
si nada te costaron?

ENRICO

¡Qué poco que duraron!
¿Viste tal cosa? ¿Viste
tal multitud de suertes?[31]   1030

GALVÁN

Con esa pesadumbre te diviertes,
y no cuidas de nada:
y has de matar a Albano;
que de Laura el hermano
te tiene ya pagada   1035
la mitad del dinero.

ENRICO

Sin blanca estoy: matar a Albano quiero.

GALVÁN

¿Y aquesta noche, Enrico,
Cherinos y Escalante...?

_____

[31] 'movimientos de la fortuna'.

110

ENRICO

Empresa es importante (1):   1040
a ayudallos me aplico.
¿No han de robar la casa
de Octavio el genovés?

GALVÁN

Aqueso pasa.

ENRICO

Pues yo seré el primero
que suba a sus balcones: 1045
en tales ocasiones
aventajarme quiero.
Ve y diles que aquí aguardo.

GALVÁN

Volando voy, que en todo eres gallardo.

(Vase)

ESCENA II

(ENRICO, *solo*)

ENRICO

Pues mientras ellos se tardan,   1050
y el manto lóbrego aguardan
que su remedio ha de ser
quiero un viejo padre ver[32],
que aquestas paredes guardan.
Cinco años ha que le tengo   1055

---

(1) Suplido. (Ed. Hartzenbusch.), no en P, S.
[32] 'la noche que les ampara'.

en una cama tullido,
y tanto a estimarle vengo,
que con andar tan perdido,
a mi costa le mantengo.
De lo que Celia me da,   1060
o yo por fuerza le quito,
traigo lo que puedo acá
y su vida solicito[33],
que acabando el curso va.
De lo que de noche puedo,   1065
varias casas escalando,
robar con cuidado o miedo,
voy su sustento aumentando,
y a veces sin él me quedo:
que esta virtud solamente   1070
en mi vida distraída
conservo piadosamente;
que es deuda al padre debida
el serle el hijo obediente.
En mi vida le ofendí,   1075
ni pesadumbre le di:
en todo cuanto mandó,
siempre obediente me halló
desde el día en que nací;
que aquestas mis travesuras,   1080
mocedades y locuras,
nunca a saberlas llegó;
que, a saberlas, bien sé yo
que aunque mis entrañas duras,
de peña, al blando cristal   1085
opuesta, fueron formadas,
y mi corazón igual
a las fieras encerradas
en riscos de pedernal,
que las hubiera atajado[34]:   1090

---

[33] 'procuro alargar'.
[34] Que hubiera puesto freno a mis travesuras (v. 1080) aunque, etc.

Pero siempre le he tenido
donde de nadie informado,
ni un disgusto ha recibido
de tantos como he causado.

(*Descorre las cortinas de la alcoba y se ve
a* Anareto *dormido en una silla*)

ESCENA III

(Anareto y Enrico)

Enrico

Aquí está: quiérole ver.   1095
Durmiendo está al parecer.
¡Padre!

Anareto

(*Despertando*)
¡Mi Enrico querido!

Enrico

Del descuido que he tenido,
perdón espero tener
de vos, padre de mis ojos.   1100
¿Heme tardado?

Anareto

No, hijo.

Enrico

No os quisiera dar enojos.

Anareto

En verte me regocijo.

ENRICO

No el sol por celajes rojos
saliendo a dar resplandor 1105
a la tiniebla mayor [35]
que espera tan alto bien,
parece al día tan bien,
como vos a mí, señor.
Que vos para mí sois sol, 1110
y los rayos que arrojáis
dese divino arrebol,
son las canas con que honráis
este reino.

ANARETO

      Eres crisol
donde la virtud se apura [36]. 1115

ENRICO

Habéis comido?

ANARETO

      Yo, no.

ENRICO

Hambre tendréis.

ANARETO

      La ventura
de mirarte me quitó
la hambre.

---

[35] 'tiniebla de la noche'.
[36] *apurar*, 'purificar'.

114

No me asegura,
padre mío, esa razón,
nacida de la afición
tan grande que me tenéis;
pero agora comeréis,
que las dos pienso que son
de la tarde. Ya la mesa
os quiero, padre, poner.

1120

1125

ANARETO

De tu cuidado me pesa.

ENRICO

Todo esto y más ha de hacer
el que obediencia profesa.

(Aparte)

Del dinero que jugué,
un escudo reservé
para comprar qué comiese;
porque aunque el juego le pese,
no ha de faltarme esta fe.

1130

(Alto)

Aquí traigo en el lenzuelo[37]
padre mío, qué comáis.
Estimad mi justo celo.

1135

ANARETO

Bendito, mi Dios, seáis
en la tierra y en el cielo,
pues que tal hijo me distes
cuando tullido me vistes,
que mis pies y manos sea.

1140

---

[37] *lenzuelo*,' pañuelo'.

ENRICO

Comed, porque yo lo vea.

ANARETO

Miembros cansados y tristes,
ayudadme a levantar.   1145

ENRICO

Yo, padre, os quiero ayudar.

ANARETO

Fuerza me infunden tus brazos.

ENRICO

Quisiera en estos abrazos
la vida poderos dar.
Y digo, padre, la vida   1150
porque tanta enfermedad
es ya muerte conocida.

ANARETO

La divina voluntad
se cumpla.

ENRICO

            Ya la comida
os espera. ¿Llegaré   1155
la mesa?

ANARETO

            No, hijo mío,
que el sueño me vence.

ENRICO

¿A fe?

Pues dormid.

ANARETO

Dádome ha un frío
muy grande.

ENRICO

Yo os llegaré
la ropa.

ANARETO

No es menester.   1160

ENRICO

Dormid.

ANARETO

Yo, Enrico, quisiera,
por llegar siempre a temer
que en viéndote es la postrera
vez que te tengo de ver
(porque aquesta enfermedad   1165
me trata con tal crueldad),
yo quisiera que tomaras
estado.

ENRICO

¿En eso reparas?
Cúmplase tu voluntad.
Mañana pienso casarme.   1170

(Aparte)

Quiero darle aqueste gusto,
aunque finja.

ANARETO

Será darme
la salud.

ENRICO

Hacer es justo
lo que tú puedes mandarme.

ANARETO

Moriré, Enrico, contento.   1175

ENRICO

Darte gusto en todo intento,
porque veas desta suerte
que por sólo obedecerte,
me sujeto al casamiento.

ANARETO

Pues, Enrico, *como viejo*   1180
te quiero dar un consejo:
No busques mujer hermosa[38]:
porque es cosa peligrosa
ser en cárcel mal segura
alcaide de una hermosura,   1185
donde es la afrenta forzosa.
Está atento, Enrico.

ENRICO

Di.

ANARETO

Y nunca entienda de ti
que de su amor no te fías,

_____

[38] de *El remedio en la desdicha*, de Lope.

118

que viendo que desconfías,   1190
todo lo ha de hacer ansí.
Con tu mismo ser la iguala:
ámala, sirve y regala;
con celos no la des pena;
que no hay mujer que sea buena,   1195
si ve que piensan que es mala,
No declares tu pasión
hasta llegar la ocasión,
Y luego...

(Duérmese)

ENRICO

Vencióle el sueño,
que es de los sentidos dueño,   1200
al dar la mejor lición.
Quiero la ropa llegalle,
y desta suerte dejalle
hasta que repose.

(Arrópale)

ESCENA IV

(GALVÁN y ENRICO)

GALVÁN

Ya
todo prevenido está,   1205
y mira que por la calle
viene Albano.

ENRICO

¿Quién?

GALVÁN

Albano,
a quien la muerte has de dar.

ENRICO

¿Pues yo he de ser tan tirano?

GALVÁN

¡Cómo!

ENRICO

¿Yo le he de matar   1210
por un interés liviano?

GALVÁN

¿Ya tienes temor?

ENRICO

Galván,
estos dos ojos que están
con este sueño cubiertos,
por temer que estén despiertos,   1215
aqueste temor me dan.
No me atrevo, aunque mi nombre
tiene su altivo renombre
en las memorias escrito,
intentar tan gran delito   1220
donde está durmiendo este hombre.

GALVÁN

¿Quién es?

ENRICO

Un hombre eminente,
a quien temo solamente,

120

y en esta vida respeto:
que para el hijo discreto   1225
es el padre muy valiente.
Si conmigo le llevara
siempre, nunca yo intentara
los delitos que condeno,
pues fuera su vista el freno   1230
que en la ocasión me tirara.
Pero corre esa cortina;
que el no verle podrá ser
(pues mi valor[39] afemina)
que rigor[40] venga a tener   1235
si ahora piedad me inclina.

GALVÁN

(Corre las cortinas de la alcoba)

Ya está cerrada.

ENRICO

    Galván,
ahora que no le veo,
ni sus ojos luz me dan,
matemos, si es tu deseo,   1240
cuantos en el mundo están.

GALVÁN

Pues mira que viene Albano,
y que de Laura al hermano
que le des muerte conviene[41].

---

[39] H, R «favor». S «valor»; ésta es mejor lectura.
[40] R *vigor*. P, H, S *rigor*.
[41] S: *Y que de Laura el hermano,*
    que le des muerte previene.

ENRICO

Pues él a buscarla viene,   1245
dale por muerto.

GALVÁN

Eso es llano.

(Vanse)

(Calle)

ESCENA V

*(ALBANO, y un momento después ENRICO
y GÁLVAN)*

ALBANO

(Cruzando el teatro)

El sol a poniente va,
como va mi edad también,
y con cuidado estará
mi esposa.

(Vase)

ENRICO

*(Que se ha quedado inmóvil, mirando a ALBANO,
al tiempo de salir)*

Brazo, detén.   1250

GALVÁN

¿Qué aguarda tu valor ya?

ENRICO

Miro un hombre que es retrato
y viva imagen de aquél
a quien siempre de honrar trato,
pues di, si aquí soy cruel,   1255
¿no seré a mi padre ingrato?
Hoy de mis manos tiranas
por ser viejo, Albano, ganas
la cortesía que esperas;
que son piadosas terceras,   1260
aunque mudas, esas canas [42].
Vete libre; que repara
mi honor (que así se declara [43],
aunque mi opinión no cuadre)
que pensara que a mi padre   1265
mataba, si te matara.
Canas, los que os aborrecen,
hoy a estimaros empiecen (1):
pocos las ofenderán,
pues tan seguras se van   1270
cuando enemigos se ofrecen.

GALVÁN

Vive Dios, que no te entiendo,
otro eres ya del que fuiste.

ENRICO

Poco mi valor ofendo.

GALVÁN

Darle la muerte pudiste.   1275

---

[42] Las canas de Albano le salvan de la muerte a manos de Enrico.
Las canas son las intercesoras mudas.
[43] Mi honorabilidad; porque honorabilidad es (así se declara),
aunque mis hechos y fama no parezcan estar en consonancia
con ella.
(1) Suplido. (Ed. Hartzenbusch.)

ENRICO

No es eso lo que pretendo.
A nadie temí en mi vida;
varios delitos he hecho,
he sido fiero homicida,
y no hay maldad que en mi pecho   1280
no tenga siempre acogida,
pero en llegando a mirar
las canas que supe honrar
porque en mi padre las vi,
todo el furor reprimí,   1285
y las procuré estimar.
Si yo supiera que Albano
era de tan larga edad,
nunca de Laura al hermano
prometiera tal crueldad.   1290

GALVÁN

Respeto fué necio y vano.
El dinero que te dió,
por fuerza habrás de volver,
ya que Albano no murió.

ENRICO

Podrá ser.

GALVÁN

¿Qué es podrá ser?   1295

ENRICO

Podrá ser, si quiero yo.

GALVÁN

Él viene.

ESCENA VI

(Octavio, Enrico y Galván)

Octavio

A Albano encontré
vivo y sano como yo.

Enrico

Ya lo creo.

Octavio

Y no pensé
que la palabra que dio   1300
de matarle vuesarcé,
no se cumpliera tan bien
como se cumplió la paga.
¿Esto es ser hombre de bien?

Galván

(Aparte)

Este busca que le den   1305
un bofetón con la daga.

Enrico

No mato a hombres viejos yo;
y si a voarcé le ofendió,
vaya y mátele al momento;
que yo quedo muy contento   1310
con la paga que me dio.

Octavio

El dinero ha de volverme.

ENRICO

Váyase voarcé con Dios.
No quiera enojado verme:
que ¡juro a Dios...!

(Sacan las espadas OCTAVIO *y* ENRICO
y se acuchillan.)

GALVÁN

          Ya los dos   1315
riñen: el diablo no duerme.

OCTAVIO

Mi dinero he de cobrar.

ENRICO

Pues yo no lo pienso dar.

OCTAVIO

Eres un gallina.

ENRICO

          Mientes.

                   (Le hiere)

OCTAVIO

Muerto soy.

                   (Cae)

ENRICO

          Mucho lo sientes.   1320

GALVÁN

Hubiérase ido a acostar.

A hombres, como tú, arrogantes,
doy la muerte yo, no a viejos,
que con canas y consejos
vencen ánimos gigantes.   1325
Y si quisieres probar
lo que llego a sustentar,
pide a Dios, si él lo permite,
que otra vez te resucite,
y te volveré a matar.   1330

ESCENA VII

(El GOBERNADOR, *Esbirros, Gente,* ENRICO
y GALVÁN)

GOBERNADOR

(Antes de salir)

Prendedle, dadle muerte.

GALVÁN

         Aquesto es malo.
Más de cien hombres vienen a prenderte
con el Gobernador.

ENRICO

         Vengan seiscientos.
Si me prenden, Galván, mi muerte es cierta;
si me defiendo, puede hacer mi dicha   1335
que no me maten, y que yo me escape;
y más quiero morir con honra y fama.
Aquí está Enrico: ¿no llegáis, cobardes?

Cercado te han por todas partes.

ENRICO

Cerquen,
que vive Dios, que tengo de arrojarme   1340
por entre todos.

GALVÁN

Yo tus pasos sigo.

ENRICO

Pues haz cuenta que César va contigo.
          (Salen el GOBERNADOR *y los que le acom-
          pañan.* ENRICO *y* GALVÁN *los acometen)*

GOBERNADOR

¿Eres demonio?

ENRICO

Soy un hombre solo
que huye de morir.

GOBERNADOR

Pues date preso,
y yo te libraré.

ENRICO

No pienso en eso.   1345
Ansí habéis de prenderme.

          (Lidiando)

GALVÁN

Sois cobardes.

(ENRICO *sigue acosando a los ministros de justicia, el* GOBERNADOR *se interpone, y* ENRICO *le da una estocada. Los esbirros dejan paso a* ENRICO *y a* GALVÁN)

GOBERNADOR

(Cayendo en brazos de los suyos)

¡Ay de mí! Muerto soy.

UN ESBIRRO

¡Grande desdicha!

¡Mató al Gobernador!

OTRO

¡Mala palabra!
(Vanse todos)

(Campo inmediato al mar)

ESCENA VIII

(ENRICO *y* GALVÁN)

ENRICO

Ya aunque la tierra sus entrañas abra,
y en ella me sepulte, es imposible   1350
que me pueda escapar; tú, mar soberbio,
en tu centro me esconde: con la espada
puesta en la boca tengo de arrojarme.
Tened misericordia de mi alma [44],

---

[44] Ante el peligro de muerte, Enrico se arrepiente de sus pecados y confiesa su fe. Tirso no olvida su *leit-motiv*.

Señor inmenso; que aunque soy tan malo,   1355
no dejo de tener conocimiento
de vuestra santa fe. Pero ¿qué hago?
¿Al mar quiero arrojarme cuando dejo
triste, afligido, un miserable viejo?
¡Ay Padre de mi vida! Volver quiero   1360
a llevarle conmigo y ser Eneas[45]
del viejo Anquises.

GALVÁN

¿Dónde vas? Detente.

UNA VOZ

(Dentro)

Seguidme por aquí.

GALVÁN

Guarda tu vida.

ENRICO

Perdonad, padre mío de mis ojos,
el no poder llevaros en mis brazos,   1365
aunque en el alma bien sé yo que os llevo.
Sígueme tú, Galván.

GALVÁN

Ya yo te sigo.

ENRICO

Por tierra no podemos escaparnos.

---

[45] Eneas llevó a su padre consigo, al huir de Troya. Texto S.

Pues arrójome al mar.

ENRICO

Su centro airado
sea sepulcro mío. ¡Ay padre amado!   1370
¡Cuánto siento el dejaros!

GALVÁN

Ven conmigo.

ENRICO

Cobarde soy, Galván, si no te sigo.

(Vanse)

(Selva)

ESCENA IX

*(PAULO y PEDRISCO, de bandoleros. Otros
Bandoleros que traen presos a tres
Caminantes)*

BANDOLERO 1.º

A ti solo, Paulo fuerte,
pues que ya todos te damos
palabra de obedecerte,   1375
que sentencies esperamos
estos tres a vida o muerte.

PAULO

¿Dejáronnos ya el dinero?

PEDRISCO

Ni una blanca nos han dado.

PAULO

Pues ¿qué aguardas, majadero? *foolish*   1380

PEDRISCO

Habémoselo quitado.

PAULO

¿Que ellos no lo dieron? Quiero
sentenciar a todos tres.

PEDRISCO

Ya esperamos ver lo que es.

CAMINANTE 1.º

Ten con nosotros piedad.   1385

PAULO

Dese roble los colgad.

LOS TRES CAMINANTES

¡Gran señor!

PEDRISCO

          Moved los pies:
que seréis fruta extremada,
en esta selva apartada,
de todas aves rapantes.   1390

PAULO

(*A* PEDRISCO)

Desta crueldad no te espantes.

PEDRISCO

Ya no me espanto de nada,
porque verte ayer, señor,
ayunar con tal fervor,
y en la oración ocupado,   1395
en tu Dios arrebatado,
pedirle ánimo y favor
para proseguir tu vida
en tan grande penitencia;
y en esta selva escondida   1400
verte hoy con tanta violencia,
capitán de forajida
gente, matar pasajeros,
tras robarles los dineros;
¿qué más se puede esperar?   1405
Ya no me pienso espantar
de nada.

PAULO

Los hechos fieros
de Enrico imitar pretendo,
y aun le quisiera exceder.
Perdone Dios si le ofendo;   1410
que si uno el fin ha de ser,
esto es justo, y yo me entiendo.

PEDRISCO

Así al otro le decían [46]
que la escalera rodaba,
otros que rodar le vían.   1415

___

[46] Ironía de Pedrisco, en que le indica que no debiera imitar
a Enrico en el mal.

¡Que a mí, que a Dios adoraba,
y por santo me tenían
en este circunvecino
monte, el globo cristalino
rompiendo el ángel veloz,   1420
me obligase con su voz
a dejar tan buen camino,
dándome el premio tan malo!
Pues hoy verá el cielo en mí
si en las maldades no igualo   1425
a Enrico.

PEDRISCO

¡Triste de ti!

PAULO

Fuego por la vista exhalo.
Hoy, fieras, que en horizontes
y en napolitanos montes
hacéis dulce habitación,   1430
veréis que mi corazón
vence a soberbios Faetontes[47].
Hoy, árboles, que plumajes
sois de la tierra, o salvajes
por lo verde que os vestís,   1435
el huésped que recibís,
os hará varios ultrajes.
Más que la naturaleza
he de hacer por cobrar fama;
pues para mayor grandeza,   1440
he de dar a cada rama
cada día una cabeza.

---

[47] Faetonte conduce el carro del sol; se acercó tanto a la tierra
que estuvo a punto de abrasarla. El furor de Paulo piensa superar
ese fuego.

Vosotros dais, por ser graves,
frutos al hombre süaves;
mas yo con tales racimos   1445
pienso dar frutos opimos
a las voladoras aves:
en verano y en invierno
será vuestro fruto eterno;
y si pudiera hacer más,   1450
más hiciera.

PEDRISCO

            Tú te vas
gallardamente al infierno

PAULO

Estos tres cuelga al momento[47 bis]
de un roble.

PEDRISCO

            Voy como el viento.

CAMINANTE 1.º

¡Señor!

PAULO

            No me repliquéis   1455
si acaso ver no queréis
el castigo más violento.

PEDRISCO

Venid los tres.

CAMINANTE 2.º

            ¡Ay de mí!

[47 bis] P, H, R, ve y cuélgalos. Preferible S

Yo he de ser verdugo aquí,
pues a mi dicha le plugo,   1460
para enseñar al verdugo
cuando me ahorquen a mí.

(Vanse PEDRISCO *y todos los bandoleros,*
excepto dos, llevándose a los caminantes.)

ESCENA X

*(*PAULO *y dos Bandoleros)*

PAULO

(Para sí)

Enrico, pues imitar
te tengo y acompañarte;
y tú te has de condenar,   1465
contigo me has de llevar;
que nunca pienso dejarte.
Palabra de un ángel fue;
tu camino seguiré;
pues cuando Dios, Juez eterno   1470
nos condenare al infierno,
ya habremos hecho por qué.

UNA VOZ

(Dentro y cantando)

No desconfíe ninguno,
aunque grande pecador,
de aquella misericordia   1475
de que más se precia Dios.

---

[48] La quintilla impone texto S.

136

PAULO

¡Que a mí, que a Dios adoraba,
y por santo me tenían
en este circunvecino
monte, el globo cristalino
rompiendo el ángel veloz,   1420
me obligase con su voz
a dejar tan buen camino,
dándome el premio tan malo!
Pues hoy verá el cielo en mí
si en las maldades no igualo   1425
a Enrico.

PEDRISCO

¡Triste de ti!

PAULO

Fuego por la vista exhalo.
Hoy, fieras, que en horizontes
y en napolitanos montes
hacéis dulce habitación,   1430
veréis que mi corazón
vence a soberbios Faetontes [47].
Hoy, árboles, que plumajes
sois de la tierra, o salvajes
por lo verde que os vestís,   1435
el huésped que recibís,
os hará varios ultrajes.
Más que la naturaleza
he de hacer por cobrar fama;
pues para mayor grandeza,   1440
he de dar a cada rama
cada día una cabeza.

---

[47] Faetonte conduce el carro del sol; se acercó tanto a la tierra
que estuvo a punto de abrasarla. El furor de Paulo piensa superar
ese fuego.

Vosotros dais, por ser graves,
frutos al hombre süaves;
mas yo con tales racimos
pienso dar frutos opimos
a las voladoras aves:
en verano y en invierno
será vuestro fruto eterno;
y si pudiera hacer más,
más hiciera.

PEDR

Tú te vas
gallardamente al infierno

PA

Estos tres cuelga al mome
de un roble.

PE

Voy como e

CAM

¡Señor!

No me repliqué
si acaso ver no queréis
el castigo más violento

Venid los tres.

C

¡Ay de

---

47 bis   P, H, R, ve y cu

Yo he
pues a
para e
cuand
(V
excep

Enrico,
te tengo
y tú te h
contigo
que nun
Palabra
tu camin
pues cua
nos conde
ya habrer

No descon
aunque gr
de aquella
de que más

---

[48] La quin

PAULO

¡Que a mí, que a Dios adoraba,
y por santo me tenían
en este circunvecino
monte, el globo cristalino
rompiendo el ángel veloz,   1420
me obligase con su voz
a dejar tan buen camino,
dándome el premio tan malo!
Pues hoy verá el cielo en mí
si en las maldades no igualo   1425
a Enrico.

PEDRISCO

¡Triste de ti!

PAULO

Fuego por la vista exhalo.
Hoy, fieras, que en horizontes
y en napolitanos montes
hacéis dulce habitación,   1430
veréis que mi corazón
vence a soberbios Faetontes [47].
Hoy, árboles, que plumajes
sois de la tierra, o salvajes
por lo verde que os vestís,   1435
el huésped que recibís,
os hará varios ultrajes.
Más que la naturaleza
he de hacer por cobrar fama;
pues para mayor grandeza,   1440
he de dar a cada rama
cada día una cabeza.

---

[47] Faetonte conduce el carro del sol; se acercó tanto a la tierra
que estuvo a punto de abrasarla. El furor de Paulo piensa superar
ese fuego.

134

Vosotros dais, por ser graves,
frutos al hombre süaves;
mas yo con tales racimos
pienso dar frutos opimos
a las voladoras aves:
en verano y en invierno
será vuestro fruto eterno;
y si pudiera hacer más,
más hiciera.

PEDR

Tú te vas
gallardamente al infierno

PA

Estos tres cuelga al mome
de un roble.

PE

Voy como e

CAM

¡Señor!

No me repliqué
si acaso ver no queréis
el castigo más violento

Venid los tres.

C

¡Ay de

---

47 bis   P, H, R, ve y cu

Yo he
pues a
para e
cuand
(V
excep

Enrico,
te tengo
y tú te ha
contigo
que nunc
Palabra
tu camin
pues cua
nos conde
ya habren

No descon
aunque gr
de aquella
de que más

48 La quin

136

PAULO

¿Qué voz es ésta que suena?

BANDOLERO 1.º

La gran multitud, señor,
desos robles nos impide
ver dónde viene la voz.   1480

LA VOZ

Con firme arrepentimiento
de no ofender al Señor
llegue el pecador humilde:
que Dios le dará perdón.

PAULO

Subid los dos por el monte,   1485
y ved si es algún pastor
el que canta este romance.

BANDOLERO 2.º

A verlo vamos los dos.

(Vanse)

LA VOZ

Su majestad soberana
da voces al pecador,   1490
porque le llegue a pedir
lo que a ninguno negó [49].

---

[49] Es decir, la misericordia o perdón.

ESCENA XI

(Un PASTORCILLO, *que aparece en lo alto de un monte tejiendo una corona de flores.* PAULO)

PAULO

Baja, baja, pastorcillo;
que ya estaba, vive Dios,
confuso con tus razones,   1495
admirado con tu voz.
¿Quién te enseñó ese romance,
que le escucho con temor,
pues parece que en ti habla
mi propia imaginación?   1500

PASTORCILLO

Este romance que he dicho,
Dios, señor, me lo enseñó.

PAULO

¡Dios!

PASTORCILLO

O la iglesia, su esposa 50,
a quien en la tierra dio
poder suyo.

PAULO

Bien dijiste.   1505

---

50 Tirso hace ver al pueblo que, siguiendo la doctrina de la
Iglesia: fe y obras, se salvarán; de nuevo, al margen de toda su-
tileza sobre la predestinación.

PASTORCILLO

Advierte que creo en Dios
a pies juntillas, y sé
aunque rústico pastor,
todos los diez mandamientos,
preceptos que Dios nos dio.   1510

PAULO

¿Y Dios ha de perdonar
a un hombre que le ofendió
con obras y con palabras
y pensamientos?

PASTORCILLO

                    ¿Pues no?
Aunque sus ofensas sean   1515
más que átomos hay del sol,
y que estrellas tiene el cielo,
y rayos la luna dió,
y peces el mar salado
en sus cóncavos guardó,   1520
es tal su misericordia,
que con decirle: *Señor,
pequé, pequé,* muchas veces,
le recibe al pecador
en sus amorosos brazos;   1525
que en fin hace como Dios.
Porque si no fuera aquesto,
cuando a los hombres crió,
no los criara sujetos
a su frágil condición[51].   1530

---

[51] Dios creó al hombre libre y frágil; pero al mismo tiempo
tiene decidida voluntad de salvarle. Como por su libertad y fragilidad el hombre está inclinado a pecar, Dios hizo fácil el camino
de la regeneración.

Porque si Dios, sumo bien,
de nada al hombre formó
para ofrecerle su gloria,
no fuera ningún blasón
en su Majestad divina   1535
dalle aquella imperfección.
Diole Dios libre albedrío,
y fragilidad le dio
al cuerpo y al alma; luego
dio potestad con acción [52]   1540
de pedir misericordia,
que a ninguno le negó.
De modo, que si en pecando
el hombre, el justo rigor
procediera contra él,   1545
fuera el número menor
de los que en el sacro alcázar
están contemplando a Dios.
La fragilidad del cuerpo
es grande; que en una acción,   1550
en un mirar solamente
con deshonesta afición,
se ofende a Dios: dese modo,
porque este triste ofensor [53],
con la imperfección que tuvo,   1555
le ofenda una vez o dos,
¿se había de condenar?
No, señor, aqueso no;
que es Dios misericordioso,
y estima al más pecador,   1560
porque todos igualmente
le costaron el sudor
que sabéis, y aquella sangre
que liberal derramó,
haciendo un mar a su cuerpo,   1565

---

[52] Le dio potencia y acto (terminología de Aristóteles) o con
facilidad para ejercer su acto.
[53] el hombre.

que amoroso dividió
en cinco sangrientos ríos[54];
que su Espíritu formó
nueve meses en el vientre
de aquella que mereció   1570
ser Virgen cuando fue Madre,
y claro oriente del sol,
que como clara vidriera,
sin que la rompiese, entró.
Y si os guiáis por ejemplos,   1575
decid: ¿no fue pecador
Pedro, y mereció después
ser de las almas pastor?
Mateo, su coronista[55],
¿no fue también su ofensor?   1580
Y luego ¿no fue su apóstol,
y tan gran cargo le dio?
¿No fue pecador Francisco?
Luego, ¿no le perdonó,
y a modo de honrosa empresa   1585
en su cuerpo le imprimió
aquellas llagas divinas
que le dieron tanto honor,
dignándole de tener
tan excelente blasón?   1590
¿La pública pecadora
Palestina no llamó
a Magdalena, y fue santa
por su santa conversión?
Mil ejemplos os dijera,   1595
a estar despacio, señor;
mas mi ganado me aguarda,
y ha mucho que ausente estoy.

----

54 las cinco llagas de la Pasión.
55 Mateo, «coronista» de Cristo, no de Pedro. VS 1569 s. El
Espíritu Santo formó a Cristo en el seno de la Virgen. El Espíritu es
«el claro oriente del sol» (V. 1572).

Tente, pastor, no te vayas.

PASTORCILLO

No puedo tenerme, no;   1600
que ando por aquestos valles
recogiendo con amor
una ovejuela perdida
que del rebaño se huyó;
y esta corona que veis   1605
hacerme con tanto amor,
es para ella, si parece,
porque hacérmela mandó
el mayoral, que la estima
del modo que le costó.   1610
El que a Dios tiene ofendido,
pídale perdón a Dios,
porque es Señor tan piadoso,
que a ninguno le negó.

PAULO

Aguarda, pastor.

PASTORCILLO

No puedo.   1615

PAULO

Por fuerza te tendré yo.

PASTORCILLO

Será detenerme a mí
parar en su curso al sol.
                        (*Vásele de entre las manos*)

ESCENA XII

(PAULO, *solo*)

PAULO

Este pastor me ha avisado
en su forma peregrina,   1620
no humana, sino divina,
que tengo a Dios enojado
por haber desconfiado
de su piedad (claro está);
y con ejemplos me da   1625
a entender piadosamente
que el hombre que se arrepiente
perdón en Dios hallará.
Pues si Enrico es pecador,
¿no puede también hallar   1630
perdón? Ya vengo a pensar
que ha sido grande mi error.
Mas ¿cómo dará el Señor
perdón a quien tiene nombre,
¡ay de mí!, del más mal hombre   1635
que en este mundo ha nacido?
Pastor, que de mí has huido,
no te espantes que me asombre.
Si él tuviera algún intento
de tal vez arrepentirse,   1640
bien pudiera recibirse
lo que por engaño siento,
y yo viviera contento.
¿Por qué, pastor, queréis vos
que en la clemencia de Dios (1)   1645
halle su remedio medio?
Alma, ya no hay más remedio
que el condenarnos los dos.

---

(1) Suplido. (Ed. Hartzenbusch.)

ESCENA XIII

(Pedrisco y Paulo)

Pedrisco

Escucha, Paulo, y sabrás,
aunque dello ajeno estás   1650
y lo atribuyas a engaño,
el suceso más extraño
que tú habrás visto jamás.
En esa verde ribera
de tantas fieras aprisco,   1655
donde el cristal reverbera,
cuando el afligido risco
su tremendo golpe espera;
después de dejar colgados
aquellos tres desdichados,   1660
estábamos Celio y yo,
cuando una voz que se oyó
nos dejó medio turbados.
«Que me ahogo» dijo, y vimos
cuando la vista tendimos,   1665
dos hombres nadar valientes (1)
(con la espada entre los dientes (2)
uno), y a sacarlos fuimos (3).
Como en la mar hay tormenta,
y está de sangre sedienta,   1670
para anegallos bramaba:
ya en las estrellas los clava,
ya en su centro los asienta.
En los cristales no helados
las dos cabezas se vían   1675
de aquestos dos desdichados,
y las olas parecían

---

(1) (2) (3) Suplidos. (Ed. Hartzenbusch.)

ser tablas de degollados.
Llegaron al fin, mostrando
el valor que significo;   1680
mas por no estarte cansando,
has de saber que es Enrico
el uno.

PAULO

Estoylo dudando.

PEDRISCO

No lo dudes, pues yo llego
a decirlo, y no estoy ciego.   1685

PAULO

¿Vístele tú?

PEDRISCO

Vile yo.

PAULO

¿Qué hizo al salir?

PEDRISCO

Echó
un por vida y un reniego.
Mira ¡qué gracias le daba
a Dios, que ansí le libraba!   1690

PAULO

(Para sí)

¡Y dirá ahora el pastor
que le ha de dar el Señor

145

perdón! El juicio me acaba.
Mas poco puedo perder,
pues aquí le llego a ver,   1695
en proballe la intención.

PEDRISCO

Ya le trae tu escuadrón.

PAULO

Pues oye lo que has de hacer.
                    (*Habla aparte con* PEDRISCO)

ESCENA XIV

(ENRICO *y* GALVÁN, *mojados y las manos atadas,*
conducidos por Bandoleros. PAULO *y* PEDRISCO)

ENRICO

¿Dónde me lleváis ansí?

BANDOLERO 1.º

El capitán está aquí,   1700
que la respuesta os dará.

PAULO

(*A* PEDRISCO)

Haz esto.

                                                  (*Vase*)

PEDRISCO

        Todo se hará.

146

Pues ¿vase el capitán?

PEDRISCO

Sí.
¿Dónde iban vuesas mercedes,
que en tan gran peligro dieron   1705
como es caminar por agua?
¿No responden?

ENRICO

Al infierno.

PEDRISCO

Pues ¿quién le mete en cansarse,
cuando hay diablos tan ligeros
que le llevarán de balde?   1710

ENRICO

Por agradecerles menos.

PEDRISCO

Habla vöarcé muy bien,
y hace muy a lo discreto
en no agradecer al diablo
cosa que haga en su provecho.   1715
¿Cómo se llama voarcé?

ENRICO

Llámome el diablo.

PEDRISCO

Y por eso
se quiso arrojar al mar,

147

para remojar el fuego.
¿De dónde es?

ENRICO

        Si de cansado   1720
de reñir con agua y viento
no arrojara al mar la espada,
yo os respondiera bien presto
a vuestras necias preguntas
con los filos de su acero.   1725

PEDRISCO

Oye, hidalgo, no se atufe,
ni nos eche tantos retos;
que juro a Dios, si me enojo,
que le barrene[56] ese cuerpo
más de setecientas veces,   1730
sin las que a su nacimiento
barrenó naturaleza[57].
Y ha de advertir que está preso,
y que si es valiente, yo
soy valiente como un Héctor;   1735
y que si él ha hecho muertes,
sepa que también yo he muerto
muchas hambres y candiles,
y muchas pulgas a tiento.
Y si es ladrón, soy ladrón,   1740
y soy el demonio mesmo,
y ¡por vida...!

BANDOLERO 1.º

Bueno está.

---

[56] *barrenar*, 'taladrar, atravesarle con la espada'.

[57] Enrico tiene señales de heridas, que Pedrisco toma como defectos de nacimiento. O bién fig. «naturaleza le hizo mal inclinado, barrenado.»

ENRICO

(Aparte)

¿Esto sufro, y no me vengo?

PEDRISCO

Ahora ha de quedar atado
a un árbol.

ENRICO

No me defiendo.   1745
Haced de mí vuestro gusto.

PEDRISCO

(A GALVÁN*)*

Y él también.

GALVÁN

(Aparte)

Desta vez muero.

PEDRISCO

(A GALVÁN*)*

Si son como vuestra cara,
vos tenéis bellacos hechos.
Ea, llegaldos a atar;   1750
que el capitán gusta dello.

(A ENRICO*)*

Llegad al árbol.

ENRICO

¡Qué ansí
me quiera tratar el cielo!

(Atan a un árbol a ENRICO *y después a* GALVÁN)

PEDRISCO

Llegad vos.

GALVÁN

Tened piedad.

PEDRISCO

Vendarles los ojos quiero   1755
con las ligas a los dos.

GALVÁN

(Aparte)

¿Viose tan extraño aprieto?

(Alto)

Mire vuesarcé que yo
vivo de su oficio mesmo,
y que soy ladrón también.   1760

PEDRISCO

Ahorrará con aquesto
de trabajo a la justicia
y al verdugo de contento.

BANDOLERO 1.º

Ya están vendados y atados.

PEDRISCO

Las flechas y arcos tomemos,   1765
y dos docenas, no más,
clavemos en cada cuerpo.

150

BANDOLERO 1.º

Vamos.

PEDRISCO

(Bajo, a los Bandoleros)

Aquesto es fingido:
nadie los ofenda.

BANDOLERO 1.º

(Bajo, a PEDRISCO)

Creo
que el capitán los conoce.   1770

PEDRISCO

(Bajo, a los Bandoleros)

Vamos, y ansí los dejemos.

(Vanse)

ESCENA XV

(ENRICO y GALVÁN, atados al árbol)

GALVÁN

Ya se van a asaetearnos.

ENRICO

Pues no por aqueso pienso
mostrar flaqueza ninguna.

GALVÁN

Ya me parece que siento   1775
una jara [58] en estas tripas.

---

[58] Palo con punta aguda: espada.

Vénguese en mí el justo cielo;
que quisiera arrepentirme,
y cuando quiero no puedo [59]

ESCENA XVI

(PAULO, *de ermitaño, con cruz y rosario.*
ENRICO *y* GALVÁN)

PAULO

(Aparte)

Con esta traza he querido   1780
probar si este hombre se acuerda
de Dios, a quien ha ofendido.

ENRICO

¡Que un hombre la vida pierda,
de nadie visto ni oído!

GALVÁN

Cada mosquito que pasa,   1785
me parece que es saeta.

ENRICO

El corazón se me abrasa.
¡Que mi fuerza esté sujeta!
¡Ah fortuna, en todo escasa!

---

[59] *Que quisiera arrepentirme*
y cuando quiero, no puedo.
Aquí se basan los que hablan de la predestinación. Enrico parece decir que el arrepentirse no depende de su voluntad, pero Tirso deja ver que el «quisiera» ya es suficiente y que, si bien es débil en cada momento, tiene una voluntad básica de arrepentirse.

PAULO

Alabado sea el Señor.   1790

ENRICO

Sea por siempre alabado.

PAULO

Sabed con vuestro valor
llevar este golpe airado
de fortuna.

ENRICO

                    ¡Gran rigor!
¿Quién sois vos, que ansí me habláis?   1795

PAULO

Un monje, que este desierto
donde la muerte esperáis,
habita.

ENRICO

                    ¡Bueno por cierto!
Y ahora ¿qué nos mandáis?

PAULO

A los que al roble os ataron   1800
y a mataros se apartaron,
supliqué con humildad
que ya que con tal crueldad
de daros muerte trataron,
que me dejasen llegar   1805
a hablaros.

ENRICO

                    ¿Y para qué?

153

PAULO

Por si os queréis confesar,
pues seguís de Dios la fe.

ENRICO

Pues bien se puede tornar,
padre, o lo que es [60].

PAULO

¿Qué decís?   1810
¿No sois cristiano?

ENRICO

Sí soy.

PAULO

No lo sois, pues no admitís
el último bien que os doy.
¿Por qué no lo recibís?

ENRICO

Porque no quiero.

PAULO

(Aparte)

¡Ay de mí!   1815
Esto mismo presumí.

(Alto)

---

[60] Toda esta escena parece dar razón a los que consideran
la salvación de Enrico fruto de la elección divina, incluso contra la
voluntad de él. Sin embargo, Tirso pinta una situación en que la decisión posterior de Paulo (cfr. v. 1878) parezca razonable; ahora
bien, en ese aceptar la lógica razonable frente a la fe del Evangelio,
consiste su pecado desde el principio, en que su pregunta fue irra-
cional.

¿No veis que os han de matar
ahora?

ENRICO

    ¿Quiere callar,
hermano y dejarme aquí?
Si esos señores ladrones   1820
me dieren muerte, aquí estoy.

PAULO

(Aparte)

¡En qué grandes confusiones
tengo el alma!

ENRICO

      Yo no doy
a nadie satisfacciones.

PAULO

A Dios, sí.

ENRICO

     Si Dios ya sabe   1825
que soy tan gran pecador,
¿para qué?

PAULO

    ¡Delito grave!
Para que su sacro amor
de darle perdón acabe.

ENRICO

Padre, lo que nunca he hecho,   1830
tampoco he de hacerlo ahora.

PAULO

Duro peñasco es su pecho.

ENRICO

Galván, ¿qué hará la señora
Celia?

GALVÁN

Puesto en tanto estrecho,
¿quién se ha de acordar de nada?   1835

PAULO

No se acuerde desas cosas.

ENRICO

Padre mío, ya me enfada.

PAULO

Estas palabras piadosas
¿le ofenden?

ENRICO

Cosa es cansada,
pues si no estuviera atado,   1840
ya yo le hubiera arrojado
de una coz dentro del mar.

PAULO

Mire que le han de matar.

ENRICO

Ya estoy de aguardar cansado.

Padre, confiéseme a mí,   1845
que ya pienso que estoy muerto.

ENRICO

Quite esta liga de aquí,
Padre.

PAULO

Sí haré, por cierto.

(Quita la venda a ENRICO *y después a*
GALVÁN)

ENRICO

Gracias a Dios que ya vi.

GALVÁN

Y a mí también.

PAULO

En buen hora,   1850
y vuelvan la vista ahora
a los que a matarlos vienen.

ESCENA XVII

(Bandoleros con escopetas y ballestas. DICHOS)

ENRICO

Pues ¿para qué se detienen?

157

PEDRISCO

Pues que ya su fin no ignora,
digo, ¿por qué no confiesa?   1855

ENRICO

No me quiero confesar.

PEDRISCO

(A un Bandolero)

Celio, el pecho le atraviesa.

PAULO

Dejad que le vuelva a hablar.
Desesperación es ésa.

PEDRISCO

Ea, llegalde a matar.   1860

PAULO

Deteneos (¡triste pena!),
porque si éste se condena,
no me queda más que esperar.

ENRICO

Cobardes sois: ¿no llegáis,
y puerta a mi pecho abrís?   1865

PEDRISCO

Desta vez no os detengáis.

PAULO

Aguardad, que si le herís,
más confuso me dejáis.

Mira que eres pecador,
hijo.

ENRICO

    Y del mundo el mayor   1870
ya lo sé...

PAULO

    Tu bien espero.
Confiésate a Dios.

ENRICO

                No quiero,
cansado predicador.

PAULO

Pues salga del pecho mío,
si no dilatado río   1875
de lágrimas, tanta copia,
que se anegue el alma propia,
pues ya de Dios desconfío.
Dejad de cubrir, sayal,
mi cuerpo, pues está mal,   1880
según siente el corazón,
una rica guarnición
sobre tan falso cristal.
                (Desnúdase el saco de ermitaño)
En mis torpezas resbalo,
y a la culebra me igualo;   1885
mas mi parecer condeno,
porque yo desecho el bueno,
mas ella desecha el malo.
Mi adverso fin no resisto,
pues mi desventura he visto   1890
y da claro testimonio
el vestirme de demonio,

y el desnudarme de Cristo.
Colgad ese saco ahí,
para que diga (¡ay de mí!):   1895
«En tal puesto me colgó
Paulo, que no mereció
la gloria que encierro en mí.»
Dadme la daga y la espada,
esa cruz podéis tomar;   1900
ya no hay esperanza en nada,
pues no me sé aprovechar
de aquella sangre sagrada.
Desatadlos.

> (*Los* BANDOLEROS *sueltan a* ENRICO *y a*
> GALVÁN)

ENRICO

Ya lo estoy.
Y lo que he visto no creo.   1905

GALVÁN

Gracias a los cielos doy.

ENRICO

Saber la verdad deseo.

PAULO

¡Qué desdichado que soy!
¡Ah Enrico!, nunca nacieras,
nunca tu madre te echara   1910
donde, gozando la luz,
fuiste de mis males causa;
o pluguiera a Dios que ya
que infundido el cuerpo y alma,
saliste a luz, en sus brazos   1915
te diera la muerte un ama,
un león te deshiciera,

160

una osa despedazara
tus tiernos miembros entonces,
o cayeras en tu casa   1920
del más altivo balcón,
primero que a mi esperanza
hubieras cortado el hilo.

ENRICO

Esta novedad me espanta.

PAULO

Yo soy Paulo, un ermitaño,   1925
que dejé mi amada patria
de poco más de quince años,
y en esta oscura montaña
otros diez serví al Señor.

ENRICO

¡Qué ventura!

PAULO

       ¡Qué desgracia!   1930
Un ángel, rompiendo nubes
y cortinas de oro y plata,
preguntándole yo a Dios
qué fin tendría, «repara
(me dijo): ve a la ciudad,   1935
y verás a Enrico (¡ay alma!)
hijo del noble Anareto,
que en Nápoles tiene fama.
Advierte bien en sus hechos,
y contempla en sus palabras;   1940
que si Enrico al cielo fuere,
el cielo también te aguarda;
y si al infierno, el infierno.»
Yo entonces imaginaba

161

que era algún santo este Enrico;   1945
pero los deseos se engañan.
Fui allá, vite luego al punto,
y de tu boca y por fama
supe que eras el peor hombre
que en todo el mundo se halla.   1950
Y ansí, por tener tu fin,
quitéme el saco, y las armas
tomé y el cargo me dieron
desta forajida escuadra.
Quise probar tu intención,   1955
por saber si te acordabas
de Dios en tan fiero trance;
pero salióme muy vana.
Volví a desnudarme aquí,
como viste, dando al alma   1960
nuevas tan tristes, pues ya
la tiene Dios condenada.

ENRICO

Las palabras que Dios dice
por un ángel, son palabras,
Paulo amigo, en que se encierran   1965
cosas que el hombre no alcanza.
No dejara yo la vida
que seguías; pues fue causa
de que quizá te condenes
el atreverte a dejarla.   1970
Desesperación ha sido
lo que has hecho, y aun venganza
de la palabra de Dios,
y una oposición tirana
a su inefable poder;   1975
y al ver que no desenvaina
la espada de su justicia
contra el rigor de tu causa,

162

veo que tu salvación
desea; mas ¿qué no alcanza   1980
aquella piedad divina,
blasón de que más se alaba?
Yo soy el hombre más malo
que naturaleza humana
en el mundo ha producido;   1985
el que nunca habló palabra
sin juramento; el que a tantos
hombres dio muertes tiranas;
el que nunca confesó
sus culpas, aunque son tantas.   1990
El que jamás se acordó
de Dios y su Madre Santa,
ni aún ahora lo hiciera,
con ver puestas las espadas
a mi valeroso pecho;   1995
mas siempre tengo esperanza
en que tengo de salvarme;
puesto que no va fundada
mi esperanza en obras mías
sino en saber que se humana   2000
Dios con el más pecador,
y con su piedad se salva.
Pero ya, Paulo, que has hecho
ese desatino, traza
de que alegres y contentos   2005
los dos en esta montaña
pasemos alegre vida,
mientras la vida se acaba.
Un fin ha de ser el nuestro:
si fuere nuestra desgracia   2010
el carecer de la gloria
que Dios al bueno señala,
mal de muchos gozo es,
pero tengo confianza
en su gran piedad, porque siempre   2015
vence a su justicia sacra.

Consoládome has un poco.

GALVÁN

Cosa es, por Dios, que me espanta.

PAULO

Vamos donde descanséis.

ENRICO

(Aparte)

¡Ay padre de mis entrañas!   2020

(Alto)

Una joya, Paulo amigo,
en la ciudad olvidada
se me queda; y aunque temo
el rigor que me amenaza,
si allá vuelvo, he de ir por ella   2025
pereciendo en la demanda.
Un soldado de los tuyos
irá conmigo.

PAULO

                  Pues vaya
Pedrisco, que es animoso.

PEDRISCO

(Aparte)

Por Dios, que ya me espantaba   2030
que no encontrara conmigo.

164

Dalde la mejor espada
a Enrico, y en esas yeguas
que al ligero viento igualan,
os pondréis allá en dos horas.   2035

GALVÁN

(A PEDRISCO)

Yo me quedo en la montaña
a hacer tu oficio.

PEDRISCO

(A GALVÁN)

Yo voy
donde paguen mis espaldas
los delitos que tú has hecho.

ENRICO

Adiós, amigo.

PAULO

Ya basta   2040
el nombre para abrazarte.

ENRICO

Aunque malo, confianza
tengo en Dios.

PAULO

Yo no la tengo
cuando son mis culpas tantas.
Muy desconfiado soy.   2045

ENRICO

Aquesa desconfianza
te tiene de condenar.

PAULO

Ya lo estoy; no importa nada.
¡Ah Enrico! Nunca nacieras.

ENRICO

Es verdad; mas la esperanza   2050
que tengo en Dios, ha de hacer
que haya piedad de mi causa.

JORNADA TERCERA

*(Cárcel con rejas en el fondo, por donde
se ve una calle)*

ESCENA PRIMERA

(ENRICO *y* PEDRISCO)

PEDRISCO

¡Buenos estamos los dos!

ENRICO

¿Qué diablos estás llorando?

PEDRISCO

¿Qué diablos he de llorar?   2055
¿No puedo yo lamentar
pecados que estoy pagando
sin culpa?

ENRICO

¿Hay vida como ésta?

PEDRISCO

¡Cuerpo de Dios con la vida!

ENRICO

¿Fáltate aquí la comida?   2060
¿No tienes la mesa puesta
a todas horas?

PEDRISCO

            ¿Qué importa
que la mesa llegue a ver,
si no hay nada que comer?

ENRICO

De necedades acorta.   2065

PEDRISCO

Alarga tú de comida.

ENRICO

¿No sufrirás como yo?

PEDRISCO

Que pague aquel que pecó,
es sentencia conocida;
pero yo que no pequé,   2070
¿por qué tengo de pagar?

ENRICO

Pedrisco, ¿quieres callar?

PEDRISCO

Enrico, yo callaré;
pero la hambre al fin hará
que hable el que muerto se vio,   2075

y que calle aquel que habló
más que un correo.

ENRICO

　　　　　¿Qué ya
piensas que no has de salir
de la cárcel?

PEDRISCO

　　　　Error fue.
Desde el día que aquí entré,　　　　　2080
he llegado a presumir
que hemos de salir los dos...

ENRICO

Pues ¿de qué estamos turbados?

PEDRISCO

Para ser ajusticiados,
si no lo remedia Dios.　　　　　2085

ENRICO

No hayas miedo.

PEDRISCO

　　　　　Bueno está;
pero teme el corazón
que hemos de danzar sin son.

ENRICO

Mejor la suerte lo hará.

ESCENA II

(CELIA y LIDORA, *en la calle.* ENRICO
y PEDRISCO)

CELIA

(Deteniéndose frente a una ventana de la cárcel)

No quisiera que las dos,   2090
aunque a nadie tengo miedo,
fuéramos juntas.

LIDORA

Bien puedo,
pues soy criada, ir con vos.

ENRICO

Quedo, que Celia es aquésta.

PEDRISCO

¿Quién?

ENRICO

Quien más que a sí me adora   2095
Mi remedio llega agora

PEDRISCO

Bravamente me molesta
la hambre.

ENRICO

¿Tienes acaso
en qué echar todo el dinero
que agora de Celia espero?   2100

170

PEDRISCO

Con toda la hambre que paso,
me he acordado, vive Dios,
de un talego que aquí tengo.

(Saca un talego)

ENRICO

Pequeño es.

PEDRISCO

A pensar vengo
que estamos locos los dos;   2105
tú en pedirle, en darle yo.

ENRICO

¡Celia hermosa de mi vida!

CELIA

(Aparte)

¡Ay de mí! Yo soy perdida.

(A LIDORA)

Enrico es el que que llamó.

(Llegándose a la ventana)

Señor Enrico.

PEDRISCO

¿Señor?   2110
No es buena tanta crianza.

ENRICO

Ya no tenía esperanza,
Celia, de tan gran favor.

CELIA

¿En qué puedo yo serviros?
¿Cómo estáis, Enrico?

ENRICO

Bien,   2115
y ahora mejor, pues ven,
a costa de mil suspiros,
mis ojos los tuyos graves.

CELIA

Yo os quiero dar...

PEDRISCO

¡Linda cosa!
¡Oh! ¡Qué mujer tan hermosa!   2120
¡Qué palabras tan süaves!
Alto, prevengo el talego.
Pienso que no ha de caber...

ENRICO

Celia, quisiera saber
qué me das.

CELIA

Daréte luego (1)   2125
para que salgas de afán... (2)

ENRICO

(A PEDRISCO)

Ya lo ves (3).

_____

(1) (2) (3) Suplidos. (Ed. Hartzenbusch.)

PEDRISCO

Tu dicha es llana.

CELIA

Las nuevas de que mañana
a ajusticiaros saldrán.

PEDRISCO

El talego está ya lleno,   2130
otro es menester buscar.

ENRICO

¡Qué aquesto llegue a escuchar!
Celia, escucha.

PEDRISCO

¡Aquesto es bueno!

CELIA

Ya estoy casada.

ENRICO

¿Casada?
¡Vive Dios!

PEDRISCO

Tente.

ENRICO

¿Qué aguardo?   2135
¿Con quién, Celia?

Con Lisardo,
y estoy muy bien empleada.

ENRICO

Mataréle.

CELIA

Dejaos deso,
y poneos bien con Dios;
que habéis de morir los dos.   2140

LIDORA

Vamos, Celia.

ENRICO

Pierdo el seso.
Celia, mira.

CELIA

Estoy de prisa.

PEDRISCO

Por Dios, que estoy por reírme.

CELIA

Ya sé que queréis decirme
que se os diga alguna misa.   2145
Yo lo haré; quedad con Dios.

ENRICO

¡Quién rompiera aquestas rejas!

LIDORA

No escuches, Celia, más quejas;
vámonos de aquí las dos.

ENRICO

¡Que esto sufro! ¿Hay tal crueldad?   2150

PEDRISCO

¡Lo que pesa este talego!

CELIA

¡Qué braveza!

ENRICO

          Yo estoy ciego.
¿Hay tan grande libertad?
                         (Vanse CELIA *y* LIDORA*)*

ESCENA III

(ENRICO *y* PEDRISCO)

PEDRISCO

Yo no entiendo la moneda
que hay en aqueste talego   2155
que, vive Dios, que no pesa
una paja.

ENRICO

          ¡Santos cielos!
¡Que aquestas afrentas sufra!
¿Cómo no rompo estos hierros?
¿Cómo estas rejas no arranco?   2160

PEDRISCO

Detente.

ENRICO

Déjame, necio.
¡Vive Dios, que he de rompellas,
y he de castigar mis celos!

PEDRISCO

Los porteros vienen.

ENRICO

Vengan.

ESCENA IV

(Dos Porteros y Presos. DICHOS)

PORTERO 1.º

¿Ha perdido acaso el seso   2165
el homicida ladrón?

ENRICO

Moriré si no me vengo.
De mi cadena haré espada.
*(Rompe la cadena que le sujetaba y da con
ella tras el PORTERO y los PRESOS)*

PEDRISCO

Que te detengas te ruego.

PORTERO 1.º

Asilde, matalde, muera.   2170

ENRICO

Hoy veréis, infames presos,
de los celos el poder
en desesperados pechos.

(El PORTERO 1.º *y los presos huyen.* EN-
RICO *los persigue fuera del teatro)*

PORTERO 2.º

Un eslabón me alcanzó
y dio conmigo en el suelo.   2175

ENRICO

(Volviendo a la escéna)

¿Por qué, cobardes, huís?

PEDRISCO

Un portero deja muerto.

VOCES

(Dentro)

¡A matarle!

ENRICO

    ¿Qué es matar?
A falta de noble acero,
no es mala aquesta cadena   2180
con que mis agravios vengo.
¿Para qué de mí huís?

PEDRISCO

Al alboroto y estruendo
se ha levantado el alcaide.

ESCENA V

(El ALCAIDE, CARCELEROS, ENRICO, PEDRISCO
y el PORTERO 2.º)

ALCAIDE

¡Hola! Teneos. ¿Qué es esto?   2185
  (Los CARCELEROS *se apoderan de* ENRICO)

PORTERO 2.º

Ha muerto aquese ladrón
a Fidelio.

ALCAIDE

     Vive el cielo
que a no saber que mañana
dando público escarmiento
has de morir ahorcado,   2190
que hiciera en tu aleve pecho
mil bocas con esta daga.

ENRICO

¡Que esto sufro, Dios eterno!
¡Que me maltraten ansí!
Fuego por lo ojos vierto.   2195
No pienses, alcaide infame,
que te tengo algún respeto
por el oficio que tienes,
sino porque más no puedo;
que a poder, ¡ah cielo airado!,   2200
entre mis brazos soberbios
te hiciera dos mil pedazos;
y despedazado el cuerpo
me le comiera a bocados,
y que no quedara, pienso,   2205
satisfecho de mi agravio.

178

Mañana a las diez veremos
si es más valiente un verdugo
que todos vuestros aceros.
Otra cadena le echad.   2210

ENRICO

Eso sí, vengan más hierros[61];
que de hierros no se escapa
hombre que tantos ha hecho.

ALCAIDE

Metelde en un calabozo.

ENRICO

Aquése sí es justo premio,   2215
que hombre de Dios enemigo,
no es justo que mire el cielo.

(Llévanle)

PEDRISCO

¡Pobre y desdichado Enrico!

PORTERO 2.º

Más desdichado es el muerto;
que el cadenazo cruel   2220
le echó en la tierra los sesos.

PEDRISCO

Ya quieren dar la comida.

---

[61] Juego con *hierro* (prisión) / *yerro* (pecado).

(Dentro)

Vayan llegando, mancebos,
por la comida.

PEDRISCO

      En buen hora,
porque mañana sospecho   2225
que han de añudarme el tragar,
y será acertado medio
que lleve la alforja hecha
para que allá convidemos
a los demonios magnates   2230
a la entrada del infierno.

(Vanse.)

(Un calabozo)

ESCENA VI

(ENRICO, solo)

ENRICO

En lóbrega confusión,
ya, valiente Enrico, os veis,
pero nunca desmayéis;
tened fuerte corazón,   2235
porque aquésta es la ocasión
en que tenéis de mostrar
el valor que os ha de dar
nombre altivo, ilustre fama.
Mirad...

(Dentro)

Enrico.

Enrico

               ¿Quién llama?[62]   2240
Esta voz me hace temblar.
Los cabellos erizados
pronostican mi temor;
mas ¿dónde está mi valor?
¿Dónde mis hechos pasados?   2245

Una Voz

Enrico.

Enrico

          Muchos cuidados
siente el alma. ¡Cielo santo!
¿Cúya es voz que tal espanto
infunde en el alma mía?

Una Voz

Enrico.

Enrico

          A llamar porfía.   2250
De mi flaqueza me espanto.
A esta parte la voz suena
que tanto temor me da.
¿Si es algún preso que está
amarrado a la cadena?   2255
Vive Dios, que me da pena.
. . . . (1)

---

[62] La voz del demonio produce inmediatamente confusión. La del
ángel verdadero produciría sosiego.

(1) Falta un verso para la décima. (Ed. Hartzenbusch.)

ESCENA VII

(El DEMONIO. DICHO)

DEMONIO

(Invisible para ENRICO)

Tu desgracia lastimosa
siento.

ENRICO

¡Qué confuso abismo!
No me conozco a mí mismo,
y el corazón no reposa.   2260
Las alas está batiendo
con impulso de temor:
Enrico, ¿éste es el valor?
Otra vez se oye el estruendo.

DEMONIO

Librarte, Enrico, pretendo.   2265

ENRICO

¿Cómo te puedo creer,
voz, si no llego a saber
quién eres y adónde estás?

DEMONIO

Pues agora me verás.
(Aparécesele como en forma de una sombra)

ENRICO

Ya no te quisiera ver.   2270

182

DEMONIO

No temas.

ENRICO

Un sudor frío
por mis venas se derrama.

DEMONIO

Hoy cobrarás nueva fama.

ENRICO

Poco de mis fuerzas fío.
No te acerques.

DEMONIO

Desvarío   2275
es el temer la ocasión.

ENRICO

Sosiégate, corazón.
  (A una señal del DEMONIO *se abre un por-*
  tillo en la pared)

DEMONIO

¿Ves aquel postigo?

ENRICO

Sí.

DEMONIO

Pues salte por él, y ansí
no estarás en la prisión.   2280

ENRICO

¿Quién eres?

DEMONIO

Salte al momento,
y no preguntes quién soy;
que yo también preso estoy,
y que te libres intento.

ENRICO

¿Qué me dices, pensamiento?   2285
¿Libraréme? Claro está.
Aliento el temor me da
de la muerte que me aguarda.
Voyme. Mas ¿quién me acobarda?
Pero otra voz suena ya.   2290

(Cantan dentro)

Detén el paso violento,
mira que te está mejor
que de la prisión librarte,
el estarte en la prisión.

ENRICO

Al revés me ha aconsejado   2295
la voz que en el aire he oído,
pues mi paso ha detenido,
si tú le has acelerado.
Que me está bien he escuchado
el estar en la prisión.   2300

DEMONIO

Esa, Enrico, es ilusión
que te representa el miedo.

ENRICO

Yo he de morir si me quedo:
quiérome ir; tienes razón.

(Cantan)

Detente, engañado Enrico,   2305
no huyas de la prisión;

pues morirás si salieres,
y si te estuvieres, no.

ENRICO

Que si salgo he de morir,
y si quedo viviré,   2310
dice la voz que escuché.

DEMONIO

¿Que al fin no te quieres ir?
. . . . (2)

ENRICO

Quedarme es mucho mejor.

DEMONIO

Atribúyelo al temor;
pero, pues tan ciego estás,   2315
quédate preso, y verás
cómo te ha estado peor.

                                              (Vase)

ESCENA VIII

(ENRICO, *solo*)

ENRICO

Desapareció la sombra,
y confuso me dejó.
¿No es éste el portillo? No.   2320
Este prodigio me asombra.
¿Estaba ciego yo, o vi

---

(2) Falta un verso para la décima. (Ed. Hartzenbusch.)

en la pared un portillo?
Pero yo me maravillo
del gran temor que hay en mí.   2325
¿No puedo salirme yo?
Sí, bien me puedo salir.
Pues ¿cómo...? Que he de morir,
la voz me atemorizó.
Algún gran daño se infiere   2330
de lo turbado que fui.
No importa, ya estoy aquí
para el mal que me viniere.

ESCENA IX

(*El* ALCAIDE, *con la sentencia.* ENRICO)

ALCAIDE

Yo solo tengo de entrar;
los demás pueden quedarse.   2335
Enrico.

ENRICO

¿Qué me mandáis?

ALCAIDE

En los rigurosos trances
se echa de ver el valor:
agora podréis mostrarle.
Estad atento.

ENRICO

Decid.   2340

ALCAIDE

(Aparte)

Aún no ha mudado el semblante.

(Leyendo)

«En el pleito que es entre partes, de la una, el pro-
motor fiscal de su Majestad ausente, y de la otra, reo
acusado, Enrico, por los delitos que tiene en el proceso, por ser matador, facineroso, incorregible y otras
cosas. Vista, etc.—Fallamos que le debemos de condenar y condenamos a que sea sacado de la cárcel
donde está, con soga a la garganta y pregoneros
delante que digan su delito, y sea llevado a la plaza
pública, donde estará una horca de tres palos, alta
del suelo, en la cual sea ahorcado naturalmente.
Y ninguna persona sea osada a quitalle della sin nuestra licencia y mandado. Y por esta sentencia definitiva
juzgando, ansí lo pronunciamos y mandamos, etc.»

ENRICO

¡Que aquesto escuchando estoy!

ALCAIDE

¿Qué dices?

ENRICO

Mira, ignorante,
que eres opuesto muy flaco
a mis brazos arrogantes;   2345
porque si no, yo te hiciera...

ALCAIDE

Nada puede remediarse
con arrogancias, Enrico:
lo que aquí es más importante
es poneros bien con Dios.   2350

ENRICO

¿Tú vienes a predicarme
o a leerme la sentencia?
Vive Dios, canalla infame,
que he de dar fin con vosotros.

ALCAIDE

El demonio que te guarde.   2355

(Vase)

ESCENA X

(ENRICO, *solo*)

ENRICO

Ya estoy sentenciado a muerte;
ya mi vida miserable
tiene de plazo dos horas.
Voz que mi daño causaste,
¿no dijiste que mi vida   2360
si me quedaba en la cárcel
sería cierta? ¡Triste suerte!
Con razón debo culparte,
pues en esta cárcel muero,
cuando pudiera librarme.   2365

ESCENA XI

(El PORTERO 2.º *y* ENRICO)

PORTERO 2.º

Dos padres de San Francisco
están para confesarte
aguardando afuera.

ENRICO

¡Bueno!
¡Por Dios que es gentil donaire!
Digan que se vuelvan luego   2370
a su convento los frailes,
si no es que quieran saber
a lo que estos hierros saben.

PORTERO 2.º

Advierte que has de morir.

ENRICO

Moriré sin confesarme,   2375
que no ha de pagar ninguno
las penas que yo pasare.

PORTERO 2.º

¿Qué más hiciera un gentil?

ENRICO

Esto que le he dicho, baste;
que por Dios, si me amohíno,   2380
que ha de llevar las señales
de la cadena en el cuerpo.

PORTERO 2.º

No aguardo más.

                                   (Vase)

ENRICO

Muy bien hace.

ESCENA XII

(ENRICO, *solo*)

ENRICO

¿Qué cuenta daré yo a Dios
de mi vida, ya que el trance   2385
último llega de mí?
¿Yo tengo de confesarme?
Parece que es necedad.
¿Quién podrá ahora acordarse
de tantos pecados viejos?   2390
¿Qué memoria habrá que baste
a recorrer las ofensas
que a Dios he hecho? Más vale
no tratar de aquestas cosas.
Dios es piadoso y es grande: 2395
su misericordia alabo;
con ella podré salvarme.

ESCENA XIII

(PEDRISCO *y* ENRICO)

PEDRISCO

Advierte que has de morir,
y que ya aquestos dos padres
están de aguardar cansados.   2400

ENRICO

¿Pues he dicho yo que aguarden?

PEDRISCO

¿No crees en Dios?

ENRICO

Juro a Cristo
que pienso que he de enojarme,
y que en los padres y en ti
he de vengar mis pesares.   2405
Demonios, ¿qué me queréis?

PEDRISCO

Antes pienso que son ángeles
los que esto a decirte vienen.

ENRICO

No acabes de amohinarme;
que por Dios, que de una coz   2410
te eche fuera de la cárcel.

PEDRISCO

Yo te agradezco el cuidado.

ENRICO

Vete fuera y no me canses.

PEDRISCO

Tú te vas, Enrico mío,
al infierno como un padre.   2415

(Vase)

ESCENA XIV

(ENRICO, *solo*)

ENRICO

Voz, que por mi mal te oí
en esa región del aire,

¿fuiste de algún enemigo
que así pretendió vengarse?
¡No dijiste que a mi vida   2420
le importaba de la cárcel
no hacer ausencia? Pues di:
¿cómo quieren ya sacarme
a ajusticiar? Falsa fuiste;
pero yo también cobarde,   2425
pues que me pude salir
y no dar venganza a nadie.
Sombra triste que piadosa
la verdad me aconsejaste,
vuelve otra vez, y verás   2430
cómo con pecho arrogante
salgo a tu tremenda voz
de tantas escuridades.
Gente suena; ya sin duda
se acerca mi fin.

ESCENA XV

(ANARETO, *el* PORTERO 2.º *y* ENRICO)

PORTERO 2.º

              Hablalde,   2435
podrá ser que vuestras canas
muevan tan duro diamante.

ANARETO

Enrico, querido hijo,
puesto que[63] en verte me aflijo
de tantos hierros cargado,   2440
ver que pagues tu pecado
me da sumo regocijo.

---

[63] *Puesto que*, 'aunque'.

¡Venturoso del que acá,
pagando sus culpas, va
con firme arrepentimiento;   2445
que es pintado este tormento
si se compara al de allá!
La cama, Enrico, dejé,
y arrimado a este bordón
por quien me sustento en pie,   2450
vengo en aquesta ocasión.

ENRICO

¡Ay padre mío!

ANARETO

    No sé,
Enrico, si aquese nombre
será razón que me cuadre,
aunque mi rigor te asombre.   2455

ENRICO

¿Eso es palabra de padre?

ANARETO

No es bien que padre me nombre
un hijo que no cree en Dios.

ENRICO

Padre mío, ¿eso decís?

ANARETO

No sois ya mi hijo vos,   2460
pues que mi ley no seguís.
Solos estamos los dos.

ENRICO

No os entiendo.

¡Enrico, Enrico!
A reprenderos me aplico
vuestro loco pensamiento,   2465
siendo la muerte instrumento
que tan cierto os pronostico.
Hoy os han de ajusticiar,
¿y no os queréis confesar?
¡Buena cristiandad por Dios!   2470
Pues el mal es para vos,
y para vos el pesar.
Aqueso es tomar venganza
de Dios, que el poder alcanza
del empíreo cielo eterno.   2475
Enrico, ved que hay infierno
para tan larga esperanza[64].
Es, el quererte vengar
de esa suerte, pelear
con un monte o una roca,   2480
pues cuando el brazo la toca,
es para el brazo el pesar.
Es, con dañoso desvelo,
escupir el hombre al cielo
presumiendo darle enojos,   2485
pues que le cae en los ojos
lo mismo que arroja al cielo.
Hoy has de morir: advierte
que ya está echada la suerte;
confiesa a Dios tus pecados,   2490
y ansí, siendo perdonados,
será vida lo que es muerte.
Si quieres mi hijo ser,
lo que te digo has de hacer.
Si no (de pesar me aflijo),   2495
ni te has de llamar mi hijo,
ni yo te he de conocer.

---

[64] *Tan larga esperanza*, o sea, 'tanta presunción'.

Bueno está, padre querido;
que más el alma ha sentido
(buen testigo dello es Dios)   2500
el pesar que tenéis vos,
que el mal que espero afligido.
Confieso, padre, que erré;
pero yo confesaré
mis pecados, y después   2505
besaré a todos los pies,
para mostraros mi fe.
Basta que vos lo mandéis,
padre mío de mis ojos.

ANARETO

Pues ya mi hijo seréis.   2510

ENRICO

No os quisiera dar enojos.

ANARETO

Vamos porque os confeséis.

ENRICO

¡Oh, cuánto siento el dejaros!

ANARETO

¡Oh, cuánto siento el perderos!

ENRICO

¡Ay ojos! Espejos claros,   2515
antes hermosos luceros,
pero ya de luz avaros.

ANARETO

Vamos, hijo.

ENRICO

A morir voy;
todo el valor he perdido.

ANARETO

Sin juicio y sin alma estoy.   2520

ENRICO

Aguardad, padre querido.

ANARETO

¡Qué desdichado que soy!

ENRICO

La Confesión

Señor piadoso y eterno,
que en vuestro alcázar pisáis
cándidos montes de estrellas,   2525
mi petición escuchad.
Yo he sido el hombre más malo
que la luz llegó a alcanzar
deste mundo; el que os ha hecho
más que arenas tiene el mar   2530
ofensas; mas, Señor mío,
mayor es vuestra piedad.
Vos, por redimir el mundo
de aquel pecado de Adán,
en una cruz os pusisteis;   2535
pues merezca yo alcanzar
una gota solamente
de aquella sangre real.
Vos, Aurora de los cielos;
vos, Virgen bella, que estáis   2540

de paraninfos[65] cercada,
y siempre amparo os llamáis
de todos los pecadores,
yo lo soy, por mí rogad.
Decilde que se le acuerde   2545
a su Sacra Majestad
de cuando en aqueste mundo
empezó a peregrinar.
Acordalde los trabajos
que pasó en él por salvar[66]   2550
los que inocentes pagaron
por ajena voluntad.
Decilde que yo quisiera,
cuando comencé a gozar
entendimiento y razón,   2555
pasar mil muertes y más,
antes de haberle ofendido.

ANARETO

Adentro priesa me dan.

ENRICO

¡Gran Señor, misericordia!
No puedo deciros más.   2560

ANARETO

¡Que esto llegue a ver un padre!

---

65 *Paraninfos*, 'ángeles'. Cfr. 2871.
66 La proximidad de estos versos a 2546-47, donde recuerda el
Nacimiento de Cristo, hace pensar que los inocentes son los niños
muertos por mandato de Herodes (ajena voluntad); pero ¿qué sentido tiene 'salvar'? Cristo no hizo nada por salvarlos de las manos
de Herodes; si 'salvar' se refiere a llevarlos al cielo, Cristo salvó
a todos los hombres. Los versos tienen mejor sentido interpre-
tándolos así: por salvar a los buenos (inocentes) que nacieron en
pecado (pagaron), aunque su vida posterior fue una rebelión contra
esa naturaleza de pecado que recibieron (por ajena voluntad).
Es demasiado sutil esto; pero referido a los Inocentes no tiene
sentido.

ENRICO

(Para sí)

La enigma he entendido ya
de la voz y de la sombra:
la voz era angelical,
y la sombra era el demonio.   2565

ANARETO

Vamos, hijo.

ENRICO

                    ¿Quién oirá
ese nombre, que no haga
de sus dos ojos un mar?
No os apartéis, padre mío,
hasta que hayan de expirar   2570
mis alientos.

ANARETO

                    No hayas miedo.
Dios te dé favor.

ENRICO

                    Sí hará,
que es mar de misericordia,
aunque yo voy muerto ya.

ANARETO

Ten valor.

ENRICO

                    En Dios confío.   2575
Vamos, padre, donde están

los que han de quitarme el ser
que vos me pudisteis dar.

(Vanse)

(Selva)

ESCENA XVI

(PAULO, solo)

PAULO

Cansado de correr vengo
por este monte intrincado: 2580
atrás la gente he dejado
que a ajena costa mantengo.
Al pie deste sauce verde
quiero un poco descansar,
por ver si acaso el pesar   2585
de mi memoria se pierde.
Tú, fuente, que murmurando
vas, entre guijas corriendo,
en tu fugitivo estruendo
plantas y aves alegrando,   2590
dame algún contento agora,
infunde al alma alegría
con esa corriente fría,
y con esa voz sonora.
Lisonjeros pajarillos,   2595
que no entendidos[67] cantáis,
y holgazanes gorjeáis
entre juncos y tomillos;
dad con picos sonorosos
y con acentos süaves   2600
gloria a mis pesares graves

---

[67] No entendidos, 'sin estudio'.

199

y sucesos lastimosos.
En este verde tapete,
jironado de cristal,
quiero divertir mi mal,   2605
que mi triste fin promete.

(Échase a dormir, y sale el PASTORCILLO
que se vio en el acto segundo, deshaciendo la
corona de flores que antes tejía)

ESCENA XVII

(PASTORCILLO *y* PAULO)

PASTOR [68]

Selvas intrincadas,
verdes alamedas,
a quien de esperanzas
adorna Amaltea [69];   2610
fuentes que corréis,
murmurando apriesa,
por menudas guijas,
por blandas arenas;
ya vuelvo otra vez   2615
a mirar la selva,
y a pisar los valles
que tanto me cuestan.
Yo soy el pastor
que en vuestras riberas   2620
guardé un tiempo alegre
cándidas ovejas.

---

[68] Nueva llamada de Dios a Paulo para recalcar que éste no se
condena por reprobación de parte de Dios, sino porque quiere él;
cfr. v. 2695.

[69] Amaltea fue la ninfa cabra que alimentó a Júpiter con su
leche. Júpiter la pidió luego un cuerno, que es el cuerno de la
abundancia.

Sus blancos vellones
entre verdes felpas
jirones de plata
a los ojos eran.   2625
Era yo envidiado,
por ser guarda buena,
de muchos zagales
que ocupan la selva;
y mi mayoral,   2630
que en ajena tierra
vive, me tenía
voluntad inmensa,
porque le llevaba,   2635
cuando quería verlas,
las ovejas blancas
como nieve en pellas.
Pero desde el día
que una, la más buena,   2640
huyó del rebaño,
lágrimas me anegan.
Mis contentos todos
convertí en tristezas,
mis placeres vivos   2645
en memorias muertas.
Cantaba en los valles
canciones y letras;
mas ya en triste llanto
funestas endechas.   2650
Por tenerla amor,
en esta floresta
aquesta guirnalda
comencé a tejerla,
mas no la gozó;   2655
que engañada y necia
dejó a quien la amaba
con mayor firmeza.
Y pues no la quiso,
fuerza es que ya vuelva   2660

por venganza justa
hoy a deshacerla.

PAULO

Pastor, que otra vez
te vi en esta sierra,
si no muy alegre,   2665
no con tal tristeza;
el verte me admira.

PASTOR

¡Ay perdida oveja!
¡De qué gloria huyes,
y a qué mal te allegas!   2670

PAULO

¿No es esa guirnalda
la que en las florestas
entonces tejías
con gran diligencia?

PASTOR

Esta misma es;   2675
mas la oveja necia
no quiere volver
al bien que la espera,
y ansí la deshago.

PAULO

Si acaso volviera,   2680
zagalejo amigo,
¿no la recibieras?

PASTOR

Enojado estoy,
mas la gran clemencia

de mi mayoral   2685
dice que aunque vuelvan,
si antes fueron blancas,
al rebaño negras,
que les dé mis brazos,
y sin extrañeza   2690
requiebros les diga
y palabras tiernas.

PAULO

Pues es superior,
fuerza es que obedezcas.

PASTOR

Yo obedeceré;   2695
pero no quiere ella
volver a mis voces,
en sus vicios ciega.
Ya de aquestos montes
en las altas peñas   2700
la llamé con silbos,
y avisé con señas.
Ya por los jarales,
por incultas selvas,
la anduve a buscar: 2705
¡Qué dellos me cuesta!
Ya traigo las plantas
de jaras diversas
y agudos espinos,
rotas y sangrientas.   2710
No puedo hacer más.

PAULO

En lágrimas tiernas
baña el pastorcillo
las mejillas bellas.
Pues te desconoce,   2715

olvídate de ella,
y no llores más.

PASTOR

Que lo haga es fuerza.
Volved, bellas flores,
a cubrir la tierra,   2720
pues que no fue digna
de vuestra belleza.
Veamos si allá
en la tierra nueva
la pondrán guirnalda   2725
tan rica y tan bella.
Quedaos, montes míos,
desiertos y selvas;
adiós, porque voy
con la triste nueva   2730
a mi mayoral;
y cuando lo sepa
(aunque ya lo sabe)
sentirá su mengua,
no la ofensa suya,   2735
aunque es tanta ofensa [69 bis].
Lleno voy a verle
de miedo y vergüenza;
lo que ha de decirme
fuerza es que lo sienta.   2740
Diráme: «Zagal,
¿ansí las ovejas
que yo os encomiendo
guardáis?» ¡Triste pena!
Yo responderé...   2745
No hallaré respuesta,
si no es que mi llanto
la respuesta sea.

(Vase)

[69 bis] Dios sentirá la condenación del alma (su mengua), no la
la ofensa que a él se le hace.

(PAULO, *solo*)

PAULO

La historia parece
de mi vida aquésta.   2750
Deste pastorcillo,
no sé lo que sienta;
que tales palabras
fuerza es que prometan
oscuras enigmas...   2755
Mas ¿qué luz es ésta
que a la luz del sol
sus rayos afrentan?
          (*Suena música, y se ven dos ángeles que
          llevan al cielo el alma de* ENRICO)
Música celeste
en los aires suena,   2760
y a lo que diviso,
dos ángeles llevan
una alma gloriosa
a la excelsa esfera.
¡Dichosa mil veces,   2765
alma, pues hoy llegas
donde tus trabajos
fin alegre tengan!
          (*Encúbrese la apariencia;* PAULO *prosigue
          diciendo:*)
Frutas y plantas agrestes,
a quien el hielo corrompe,   2770
¿no veis cómo el cielo rompe
ya sus cortinas celestes?
Ya rompiendo densas nubes
y esos trasparentes velos,
alma, a gozar de los cielos   2775
feliz y gloriosa subes.

Ya vas a gozar la palma
que la ventura te ofrece:
¡Triste del que no merece
lo que tú mereces, alma!   2780

ESCENA XIX

(GALVÁN y PAULO)

GALVÁN

Advierte, Paulo famoso,
que por el monte ha bajado
un escuadrón concertado,
de gente y armas copioso,
que viene sólo a prendernos.   2785
Si no pretendes morir,
solamente, Paulo, huir
es lo que puede valernos.

PAULO

¿Escuadrón viene?

GALVÁN

        Esto es cierto:
ya se divisa la hilera   2790
con su caja y su bandera.
No escapas de preso o muerto,
si aguardas.

PAULO

      ¿Quién la ha traído?

GALVÁN

Villanos, si no me engaño
(como hacemos tanto daño   2795

en este monte escondido),
de aldeas circunvecinas
se han juntado...

PAULO

Pues matallos.

GALVÁN

¡Qué! ¿Te animas a esperallos?

PAULO

Mal quién es Paulo imaginas.   2800

GALVÁN

Nuestros peligros son llanos.

PAULO

Sí, pero advierte también
que basta un hombre de bien
para cuatro mil villanos.

GALVÁN

Ya tocan. ¿No lo oyes?

PAULO

                    Cierra,   2805
y no receles el daño;
que antes que fuese ermitaño,
supe también qué era guerra[70].

---

[70] En v. 1927 ha dicho que dejó su patria de poco más de quince
años. Aquí dice que supo de guerra antes de ser ermitaño. Es posible; pero se comprende mejor admitiendo que Tirso no tiene
ninguna voluntad de verosimilitud histórica o psicológica, sino que
añade nuevos motivos conforme los necesita. Cf. vs 108, 193-94.

ESCENA XX

(Un Juez, Villanos *armados.* Paulo *y* Galván)

Juez

Hoy pagaréis las maldades
que en este monte habéis hecho.   2810

Paulo

En ira se abrasa el pecho.
Soy Enrico en las crueldades.

Un Villano

Ea, ladrones, rendíos.

Galván

Mejor nos está el morir...
mas yo presumo de huir;   2815
que para eso tengo bríos.
         (Huye Galván, *y síguenle muchos* Villa-
         nos; Paulo *se entra acuchillando a los demás.*
         Vanse todos)

Paulo

(Dentro)

Con las flechas me acosáis,
y con ventaja reñís;
más de doscientos venís
para veinte que buscáis.   2820

Juez

(Dentro)

Por el monte va corriendo.
         (Baja Paulo *por el monte, rodando, lleno*
         de sangre)

PAULO

Ya no bastan pies ni manos;
muerte me han dado villanos;
de mi cobardía me ofendo.
Volveré a darles la muerte...   2825
Pero no puedo. ¡Ay de mí!
El cielo, a quien ofendí,
se venga de aquesta suerte.

ESCENA XXI

(PEDRISCO y PAULO)

PEDRISCO

(Sin ver a PAULO, *que está moribundo en el suelo)*

Como en las culpas de Enrico
no me hallaron culpado,   2830
luego que públicamente
los jueces le ajusticiaron,
me echaron la puerta afuera,
y vengo al monte. ¿Qué aguardo?
¿Qué miro? La selva y monte   2835
anda todo alborotado.
Allí dos villanos corren,
las espadas en las manos.
Allí va herido Fineo,
y allí huyen Celio y Fabio,   2840
y aquí ¡qué gran desventura!
Tendido está el fuerte Paulo.

PAULO

¿Volvéis, villanos, volvéis?
La espada tengo en la mano:
no estoy muerto, vivo estoy,   2845
aunque ya de aliento falto.

PEDRISCO

Pedrisco soy, Paulo mío.

PAULO

Pedrisco, llega a mis brazos.

PEDRISCO

¿Cómo estás ansí?

PAULO

                    ¡Ay de mí!
Muerte me han dado villanos.   2850
Pero ya que estoy muriendo,
saber de ti, amigo, aguardo
qué hay del suceso de Enrico.

PEDRISCO

En la plaza le ahorcaron
de Nápoles.

PAULO

                    Pues ansí,   2855
¿quién duda que condenado
estará al infierno ya?

PEDRISCO

Mira lo que dices, Paulo:
que murió cristianamente,
confesado y comulgado,   2860
y abrazado con un Cristo,
en cuya vista enclavados
los ojos, pidió perdón,
y misericordia, dando
tierno llanto a sus mejillas,   2865

210

y a los presentes espanto.
Fuera de aqueso, en muriendo
resonó en los aires claros
una música divina;
y para mayor milagro   2870
y evidencia más notoria,
dos paraninfos alados
se vieron patentemente,
que llevaban entre ambos
el alma de Enrico al cielo.   2875

PAULO

¡A Enrico, el hombre más malo
que crió Naturaleza!

PEDRISCO

¿De aquesto te espantas, Paulo,
cuando es tan piadoso Dios?

PAULO

Pedrisco, eso ha sido engaño: 2880
otra alma fué la que vieron,
no la de Enrico.

PEDRISCO

      ¡Dios santo,
reducidle vos!

PAULO

     Yo muero.

PEDRISCO

Mira que Enrico gozando
está de Dios: pide a Dios   2885
perdón.

211

PAULO

Y ¿cómo ha de darlo
a un hombre que le ha ofendido
como yo?

PEDRISCO

¿Qué estás dudando?
¿No perdonó a Enrico?

PAULO

Dios

es piadoso...

PEDRISCO

Es muy claro.   2890

PAULO

Pero no con tales hombres.
Ya muero, llega tus brazos.

PEDRISCO

Procura tener su fin.

PAULO

Esa palabra me ha dado
Dios: si Enrico se salvó,   2895
también yo salvarme aguardo.

                    (Muere)

PEDRISCO

Lleno el cuerpo de saetas,
quedó muerto el desdichado.
Las suertes fueron trocadas:
Enrico, con ser tan malo,   2900

se salvó, y éste al infierno
se fué por desconfiado.
Cubriré el cuerpo infeliz,
cortando a estos sauces ramos.

(Lo hace)

Mas ¿qué gente es la que viene?   2905

ESCENA XXII

(El JUEZ, *los* VILLANOS, GALVÁN, *preso.*
PEDRISCO; PAULO, *muerto y oculto)*

JUEZ

Si el capitán se ha escapado,
poca diligencia ha sido.

UN VILLANO

Yo lo vi caer rodando,
pasado de mil saetas,
de los altivos peñascos.   2910

JUEZ

Un hombre está aquí: prendedle

PEDRISCO

(Aparte)

¡Ay Pedrisco desdichado!
Esta vez te dan carena[71].

---

[71] R, *cadena*, probablemente por errata. *Dar carena* significa
golpear, maltratar'.

(*Señalando a* GALVÁN)

Este es criado de Paulo,
y cómplice en sus delitos.   2915

GALVÁN

Tú mientes como villano;
que sólo lo fui de Enrico.

PEDRISCO

Y yo, Galvanito, hermano;
                    (*Aparte, a* GALVÁN)
no me descubras aquí,
por amor de Dios.

JUEZ

(*A* GALVÁN)

                    Si acaso   2920
me dices dónde se esconde
el capitán que buscamos,
yo te daré libertad:
Habla.

PEDRISCO

                    Buscarle es en vano
cuando es muerto.

JUEZ

                    ¿Cómo muerto?   2925

PEDRISCO

De varias flechas y dardos
pasado le hallé, señor,

con la muerte agonizando
en aqueste mismo sitio.

JUEZ

¿Y dónde está?

PEDRISCO

Entre estos ramos   2930

le metí.
(Va a apartar los ramos, y aparece PAULO
rodeado de llamas)
            Mas ¡qué visión
descubro de tanto espanto! [72]

PAULO

Si a Paulo buscando vais,
bien podéis ya ver a Paulo,
ceñido el cuerpo de fuego,   2935
y de culebras cercado.
No doy la culpa a ninguno
de los tormentos que paso:
sólo a mí me doy la culpa,
pues fui causa de mi daño.   2940
Pedí a Dios que me dijese
el fin que tendría, en llegando
de mi vida el postrer día;
ofendíle, caso es llano;
y como la ofensa vio   2945
de las almas el contrario,
incitóme, con querer
perseguirme con engaños.
Forma de un ángel tomó,
y engañóme; que a ser sabio,   2950
con su engaño me salvara:
pero fui desconfiado
de la gran piedad de Dios,

---

[72] S: Pero ¿qué visión es ésta,
    causa de tan grande espanto?

que hoy a su juicio llegando,
me dijo: «Baja, maldito   2955
de mi Padre, al centro airado
de los oscuros abismos,
adonde has de estar penando.»
¡Malditos mis padres sean
mil veces, pues me engendraron!   2960
¡Y yo también sea maldito,
pues que fui desconfiado!

(Húndese, y sale fuego de la tierra)

JUEZ

Misterios son del Señor.

GALVÁN

¡Pobre y desdichado Paulo!

PEDRISCO

¡Y venturoso de Enrico,   2965
que de Dios está gozando!

JUEZ

Porque toméis escarmiento,
no pretendo castigaros;
libertad doy a los dos.

PEDRISCO

Vivas infinitos años.   2970
Hermano Galván, pues ya
désta nos hemos librado,
¿qué piensas hacer desde hoy?

GALVÁN

Desde hoy pienso ser un santo.

Mirando estoy con los ojos   2975
que no haréis muchos milagros:

GALVÁN

Esperanza en Dios. Amigo,

PEDRISCO

quien fuere desconfiado,
mire el ejemplo presente
no más.

JUEZ

    A Nápoles vamos   2980
a contar este suceso.

PEDRISCO

Y porque es éste tan arduo
y difícil de creer,
siendo verdadero el caso,
vaya el que fuere curioso   2985
(porque sin ser escribano
dé fe de ello), a Belarmino;
y si no, más dilatado
en la vida de los Padres
podrá fácilmente hallarlo.   2990
Y con aquesto da fin
El Mayor Desconfiado,
y pena y gloria trocadas.
El Cielo os guarde mil años.

FIN DE «EL CONDENADO POR DESCONFIADO»

Colección Letras Hispánicas